大湾区文学选本

诗歌卷

冯娜——主编

人文湾区文艺书系

广东省文学艺术界联合会
粤海风杂志社 主编

南方日报出版社
NANFANG DAILY PRESS
中国·广州

图书在版编目（CIP）数据

大湾区文学选本．诗歌卷 / 冯娜主编．-- 广州 ：南方日报出版社，2025．8．--（人文湾区文艺书系）．-- ISBN 978-7-5491-3037-5

Ⅰ．I218.65

中国国家版本馆 CIP 数据核字第 20259S9P51 号

DAWANQU WENXUE XUANBEN SHIGE JUAN

大湾区文学选本 诗歌卷

主　　编：冯　娜
出版发行：南方日报出版社
地　　址：广州市广州大道中 289 号
出 版 人：周山丹
丛书策划：周山丹
责任编辑：阮清钰　黄敏虹
特约编辑：卢　瑜　李芷莹
装帧设计：邓晓童　劳华义
责任校对：阮昌汉　朱晓娟
责任技编：王　兰
经　　销：全国新华书店
印　　刷：广东信源文化科技有限公司
成品尺寸：185mm×260mm
印　　张：18.5
字　　数：390 千字
版　　次：2025 年 8 月第 1 版
印　　次：2025 年 8 月第 1 次印刷
定　　价：68.00 元

投稿热线：（020）87360640　　　读者热线：（020）87363865

总序

同书粤地新气象　共绘湾区同心圆

王垂林

在新时代的东风里，粤港澳大湾区建设正以磅礴之势，激荡着世界级的城市群崛起。广东省文学艺术界联合会组织辑选《大湾区文学选本》（以下简称《选本》），受到粤港澳三地文学艺术家的热烈响应，并获得国家新闻出版署“十四五”国家重点图书出版规划立项支持。《选本》的推出不仅是对这片热土文脉的深情回眸，更是广东文艺界回应国家重大发展战略的自觉行动。它如一座精心架设的桥梁，联结起现代文艺潮涌，为广东文艺高质量发展注入活水，更为大湾区宏伟蓝图增添了一道斑斓的人文亮色。

《选本》编选了湾区不同城市、不同代际作家、不同文本形态下反映时代变迁、刻画湾区风貌、传递人文精神的代表作品。这些作品以鲜明的在地性和开放的全球视野，构建起大湾区共同的文化认同，宛如珠江汇聚西江、北江，千百流涌，而后八门夺海，展现出一幅千姿百态又和谐共生的文学图景。字里行间，既有岭南风物的细腻描摹，亦有时代变革的深沉回响；既镌刻着湾区独特的多元文化印记，更升腾出湾区人民共同的价值追寻与精神气质。

粤港澳大湾区的独特优势在于“双向开放”——既向内连接广阔腹地，又向外辐射全球。粤港澳大湾区文艺事业的发展更离不开三地优势互补、资源整合所激发的创新合力。《选本》的多元文本组合，彰显这一特质，既有粤语方言写作的韵味、移民故事的张力，也兼备跨境叙事的包容性，向世界展示中国式现代化进程中的文化多样性，让读者得以从香港的都市律动、澳门的多元风情、广东九城的奋进脉搏中，真切触摸到那份植根于岭南沃土、流淌在湾区儿女血脉中的文化基因与情感共鸣，为粤港澳三地增进共识、携手前行提供强大的价值支撑。这种守正创新的创作实践，正是广东文艺界抢抓历史机遇、主动担当文化使命的生动写照。

岭南文脉相交融，人文湾区谱新篇。《选本》宛如一座精神堤岸，在珠江潮水拍打之处见证湾区文学由区域走向世界、从传统迈向未来的壮阔航程。广东文联将持续引领广东文艺界同书粤地新气象、共绘湾区同心圆，不断书写大湾区文艺繁荣发展的新传奇！

作者系广东省文学艺术界联合会党组书记、专职副主席

2025年7月1日

序一

大湾区的精神面孔或诗歌塑形

——《大湾区文学选本·诗歌卷》读记大湾区的精神

霍俊明

我们都是现实主义者，而又都不是。

——阿尔贝·加缪

生活不是我们活过的日子，而是我们记住的日子，我们为了讲述而在记忆中重现的日子。

——加夫列尔·加西亚·马尔克斯

开放、活力、创新和国际化是大湾区的关键词。

社会公共空间、现实景观和个人生活形态给每一个时代的诗人都提供了常写常新的话题。那么与此相对应，《大湾区文学选本•诗歌卷》所收入的一百余位当下诗人在诗歌世界所呈现的大湾区是什么样的情形呢？或者说经济发达地区与诗歌之间发生着怎样的对话和互动关系？当区域、城市（包括核心城市群和特色城镇）、人口、语言（包括粤语）、经济、市场、物流、科技、生态，以及文化地理意义上的大湾区进入诗歌之后发生了如何的转化呢？或者说诗人该如何站在现实的面前、侧面或背后来言说？

一

值得注意的是，这些文本的写作时间跨度为20多年，最早的写于1994年，最晚的则写于2020年。今天看来，这些文本从内里、肌质、形制到诗人的情感、态度、伦理、判断等变化都很大，即使是同一个诗人处理同一个题材，在不同时间境遇下也有差异。这印证了时代、现实以及个人境遇和诗歌观念的“当代性”和“流动性”特征。

首先我们可以从“区域空间”“文化地理”或“地方性知识”的视角来切入大湾区以及相应的诗歌写作。

值得注意的是这一百余位诗人与大湾区的关系是不一样的。有正居住和工作在这些城市的，也有曾经在此工作和生活过的，还有路过这些区域以及从来没有到过这里的。这种诗人与区域（空间）之间的多样性关系使得个体对大湾区的理解、感受，以及想象方式和抒写方式充满了差异。这最终使得诗歌世界中的“大湾区”充满了多层次、多向度以及可能性的精神面孔，而诗人则起到了对自我、环境以及时代塑形的功能。

一个诗人一定是站在一个特殊的位置而非以随机的站姿来看待这个世界的，经由这些空间和角度所看到的事物就与纯粹的客观物发生了差异。从同时代诗人观察环境以及想象世界的方式出发，我们几乎不约而同地注意到了诗歌中的空间充满了不可思议的活力。

这一诗歌读本的开卷即是安石榴的《汤显祖的梦》，随后则有蔡天新的《谢灵运》、陈东东的《澳门》、飞廉的《广州旧宅》，以及王夫刚的《大万世居图景》、杨碧薇的《下南洋：开平碉楼里的女人像》、育邦的《豹隐——读陈寅恪先生》。显然这些指向了个人化的历史想象力与当代场域“对话”的文本，为我们理解大湾区的历史、当下、地理、文化，以及现实、命运提供了扎实的地基。尤其是从当年地理阻隔和交通不畅所形成的地方性知识以及地理差异性视角出发，我们会发现历史和现实夹角当中的大湾区给诗人们带来的观感、印象，以及切实的命运遭际是非常不同的，甚至是悬殊的。

了解中国古代文学史的人都知道，当年经过岭南尤其是梅岭（又称大庾岭，岭南五岭之一）的诗人基本都是被贬谪流放的。他们在诗歌中呈现出来的更多是离乱、失意和乡愁，比如唐神龙元年（705）宋之问被贬岭南经过大庾岭时所作《题大庾岭北驿》就是代表，“阳月南飞雁，传闻至此回。我行殊未已，何日复归来。江静潮初落，林昏瘴不开。明朝望乡处，应见陇头梅”。

安石榴笔下的《汤显祖的梦》为我们打开了历史、现实、梦幻、遭际四者之间构成的特殊空间。而在我看来，汤显祖（1550—1616）当年流放岭南任徐闻县典史添注，当然其命运遭际值得关注和同情，但是更为重要的是汤显祖进入岭南的线路能够让我们真切地感受到当年的地理环境、个人行迹与今天大湾区之间的关联。

明万历十九年（1591）九月，汤显祖因流放而启程，从南安越过大庾岭经梅关往南雄、始兴、曲江、韶关、乳源、英德、连州、三水而抵达广州，然后又前往番禺、增城、东莞和博罗的罗浮山，再经香山岙（澳门）往恩平、阳江、阳春、徐闻。如果我们打开地图，我们会惊异地发现430年前汤显祖所走过的路线竟然与今天的大湾区有诸多奇妙而富有戏剧性的对应和重合。而元嘉十年（433），谢灵运（385—433）被徙付广州，最终在冬天被施以“弃市刑”（绞刑）而命丧他乡。

2016年5月30日，湖北诗人余笑忠写下了他眼中的梅关古道——

一曰梅岭，一曰梅关
总之是古道
前有先人，后有来者
总之是过客
“梅止行人渴，关防暴客来”
暴客防不胜防，暴客背后
必有暴君或昏君
溪蟹只随流水。梅花从无立场
苦寒就苦寒吧
瘦马就瘦马吧
暗夜尚有微明
不在天际，而在古道上
嵌入的白石

——《过梅关古道》

一百多个诗人所提供的一个个点、线、面连缀起来就构成了整体性层面大湾区的版图和精神地理。这既是元地理层面上的又是精神标识意义上的，“常常是用来标识与所有作品或生产者相关的最表面化的和最显而易见的属性。词语、流派或团体的名称等专有名词之所以会显得非常重要，那是因为他们构成了事物：这些区分的标志生产出在一个空间中的存在”。[①]

循着这些小点以及点和点之间构成的线、面、体和大大小小、形形色色的空间，我们看到了一个个诗人面对自我以及现实的精神路径。每一个写作者都有现实境遇和想象融合之后的精神地图，这些地图不再只是一个个点或一条条细线，而是实体和记忆结合之后产生的想象共同体。在真正具有效力和活力的诗人这里，“地图”是属于生命本体的，那些地图上近乎可以被忽略的点和线是有表情和生命力的，是立体和全息的，是可以一次次重返、抚摸和漫游的。质言之，他们完成的是真正意义上的事物再现和精神还

①皮埃尔·布尔迪厄．艺术的法则：文学场的生成和结构[M]．刘晖，译．北京：中央编译出版社，2011.

原相融合的过程，这是精准的精神定位。

由公共空间、私人空间以及世俗时间、精神时间兼具的诗人进行地图测绘和认知，这一切既是现实的又是虚构的，既是空间的又是时间的，既是地方的又是世界的。尤其是当崭新的空间突降而旧空间一夜之间瓦解的时刻，两种空间和时间的关系就是极其复杂的，而作为诗人必须重新认知自己的位置并重建精神空间和秩序，以认知、感受、理性或超验来面对现实情势和整个世界。

二

两千多年前，古罗马哲学家马尔库斯•图利乌斯•西塞罗（前106—前43）一语道破天机：“谁控制了海洋，谁就控制了世界。”此后的地中海文明和大西洋文明都无可辩驳地印证了这句话。“向海则兴，背海则衰”，我们正在经历的21世纪被认为是“海洋世纪”（这一说法产生于2001年5月）。

陆地之外，海洋被认为是人类生存的第二空间，而海洋文化也明显区别于农耕文化和游牧文化。中国海岸线总长度约为3.2万公里，其中陆地海岸线约1.8万公里，岛屿海岸线约1.4万公里。大湾区经济作为滨海经济形态，涉及较长的海岸线，有着丰富的山海资源及相应的生态价值和人居价值。根据《广东省海洋生态红线》（2017年9月），广东大陆岸线全长4114.4公里，广东省自然岸线比例为36.12%。

《大湾区文学选本•诗歌卷》中的很多诗作直接或间接地与大湾区的地理、生态、环境、习俗发生关联，所以不约而同地、共时性地围绕着海洋和周延的海岸带呈现了海洋文化的多元景观，比如海洋文化、海湾文化、岛屿（半岛）文化、滩涂盐沼湿地文化、红树林文化等。《台风》（王小妮）、《把大海关上》（林莽）、《诗》（李少君）、《红树林》（池凌云）、《在香炉湾》（池凌云）、《红树林》（李白云）、《浩瀚》（安石榴）、《维多利亚港》（蔡天新）、《抵达大海的远处》（陈会玲）、《珠江秋夜》（飞廉）、《海之情歌》（扶桑）、《大海从未平静过》（何晓坤）、《渔村》（何永飞）、《夜海》（江非）、《海之简史》（江离）、《除夕下午的海鸥》（李壮）、《较场尾》（梁小曼）、《独自守在滩涂上的石雕》（林馥娜）、《南沙》（刘年）、《大海的失踪者》（马莉）、《深圳湾》（马萧萧）、《看海》（娜夜）、《夜游维多利亚港》（商震）、《与海浪鸥鸟共度一个下午》（舒丹丹）、《清晨大湾区的海》（谈雅丽）、《台风》（唐不遇）、《望海潮》（王单单）、《过零丁洋》（吴乙一）、《纪念大陆南端的一次旅途》（西渡）、《大海》（熊曼）、《大鹏湾》《巽寮湾海滩》（远人）、《香炉湾入门》《竹湾海滩观止》（臧棣）、《麋鹿》（泽平）、《珠海记》（扎西才让）、

《大湾区行走记》（张二棍）、《在淇澳岛白石街》（方舟）、《写给澳门的情书》（姚风）等诗都涉及海洋、海湾、滩涂等相关空间。

这些“海”“湾”“岛屿”“半岛”“岸”“线”提供了更多认识自我以及世界的入口或边界，“每当夜幕降临，我就成了/这个世界的分水岭，左边是人间灯火/右边，是无边际的黑暗”（何晓坤《在天涯金沙酒店阳台上》）。甚至对于一些诗人而言，大海近乎天然和本性地代表了乌托邦和理想之地，“自幼我就喜欢海，可是四川是群山所包围的一个盆地，没见过海，连湖也不曾见过，我却对海洋有一份恋慕与怀念之情”[①]。

综合来看，我们读到的这些“海洋诗”要更立体、开阔和复杂。

这让风声转调的乐器
呜呜地向天空吹奏
让树林深处的精灵们
晶莹剔透的身体变得炽热

被海水周期性淹没的红树林
风的声音厚重而低沉
而白头的苦恶鸟的歌声
都有拖得长长的
让人久久无法忘记的尾音

——池凌云《红树林》

关于诗人与海洋（大海）的关系，一些诗人的认识非常深刻而具有启发性，比如池凌云所说的：“海或许是一个人一生想象力的总和。长久注视遥远的地平线，最终常常会模糊了边界，我们也融进了这个边界，成为自然的一部分。在这个自然中，我体会到更多的是行动的局限，是‘边缘’与‘不安’。一种‘孤岛’式的感受。写作对于现实，内心只是一座孤岛，周围往往是一片深不可测的波浪与水声。”（《海与诗：岛屿上的诗歌对话》）

这些诗人所建构或呈现出来的海洋世界是一个个具有区别度的动态的结构。它们关乎一个个更为细密的象征义及纷然的织体，比如具体/抽象、空间/时间、背景/前台、平面/立体、短暂/恒凝、外部表象/内在机制、现实/想象、困顿/刺激、对立/纾解、恐怖/

①覃子豪．海的歌者谈诗创作[M]//覃子豪全集．台湾：覃子豪全集出版委员会，1968.

慰藉、此刻/未来（超越）、回溯/眺望、惘然/辨认、选择/悖论、已知/未知、起点/终点、驻足/漂泊（漫游），以及俗世（此岸）/乌托邦（彼岸）等。

通过观察数十位诗人关于海洋的抒写，我们还发现这些文本指涉诗人的襟怀、取景框，以及世界观——前提当然是个性和差异，“大海是一座图书馆，是一种世界幻境，是被翻阅的海洋之书，潮汐的金属线圈如文字一般在或蓝或白的海面扩展，但又处于荒年的歌唱之外，存在无法解密的视像里”（黄礼孩《你蓝色的嘴唇唱着忧伤的口音》）。

围绕着大海展开的多元地带及精神场域，既是恒凝的元素（普希金所说的“自由的元素”），又是生命的际遇、观念的融合、文化的汇集，以及繁复的想象力和超验本身。勒内·夏尔说：“我们的欲望已脱下大海火热的长袍在游向它的心脏之前。”当年的保尔·瓦雷里更是慨叹：“大海，大海啊永远在重新开始！”（《海滨墓园》，卞之琳译）我也想到1993年杨炼在澳大利亚悉尼所写下的诗句：“这是从岸边眺望自己出海之处。”（《大海停止之处》）

是的，海洋也在寻找它的终极诗人，正如德里克·沃尔科特的《白鹭》和《奥麦罗斯》之于加勒比海一样。

三

卡尔·波普尔将社会区分为“封闭社会”和“开放社会”。细究一下当下时代的交通、物流和通信网络，我们就会发现原生、凝固、静态、稳定、循环的前现代时间，以及“冷静社会”已不复存在，“时间恒定不变，就像一个封闭的空间。当某个更为复杂的社会成功地意识到时间时，它的工作更像是否定这个时间，因为它在时间中看到的不是一掠而过的事物，而是重新回来的事物。静态的社会根据其自然的即时经验去组织时间，参照的是循环时间的模式”[①]。

碎片、涣散、快速、流动的液体时代猝然降临，破碎化的时间被工业时代和城市社会在顷刻之间生产出来。在新旧序列的碰撞甚至交锋中，后工业、工业以及前工业时代的词语同时出现，彼此交错、龃龉……那么，“词与物”的关系不只是单纯语言学与个人修辞能力上的，更与整体性的写作秩序、社会背景、意识形态甚至政治文化相关联。在被抽动旋转的陀螺般的物化时间维度中，诗人一直站在时间的中心说话，或者更确切地说诗人是站在精神的维度和历史的维度开口说话，说出茫然、惘惑的“万古愁”，说出不可说的秘密或事物的内核纹理。

①居伊·德波．景观社会[M]．张新木，译．南京：南京大学出版社，2017.

2007年，时年27岁的郑小琼离开广东，短暂回到位于嘉陵江中游的故乡南充，她发现一切都变了……当年马尔克斯同样经历了陌生的庞然大物突临的严峻时刻——“眼前的世界变了”，这类似于叶芝的“一种可怕的美已经诞生”。

扔下电钻，他到阳台上打火抽烟
干涸的游泳池对岸，有人从镜中
现身，朝虚空吐出缭绕的未来

混凝进水泥深处的往昔，在消逝的过去
刚刚被穿透。墙洞另一端，那
时间之豹，依旧在极小的圈中昏眩

那不是慢转的黑胶唱片，不是远古
秋天，一阵晚风盘旋落叶，青铜的月影
随强韧的河流又拐了几道弯

电钻作业时嘶鸣的速度，比绕行地轴的
世事还要快，比擦痛大气的陨星
还要尖利地刺问着宇宙

——陈东东《小区》

显而易见，这需要诗人具备建立于个体主体性基础之上的深刻的整体认知能力，以及个人化的现实想象力和语言调校能力。

自2000年以来，在城乡二元结构和空间迁徙中，工业时代和后工业时代的挽歌和夜歌在阵痛和撕裂中分娩，由此也诞生了一个又一个面孔相近的“异乡人”。而随着时间的推移，地方景观、城市经验，以及个人命运都在发生变化，这些变化因人而异、因地有别。而值得注意是《城市之神》（黄灿然）、《小区》（陈东东）、《维多利亚港》（蔡天新）、《诗人》（杜绿绿）、《深圳》（布非步）、《夜风》（陈亚冰）、《树阵公园》（胡桑）、《素描本上的小公园》（黄金明）、《在东莞》（蓝紫）、《广州：雨迷宫》（黎衡）、《地下铁》（李六谙）、《市政厅》（凌谷）、《一天，我在城市里驻足》（凌越）、《记忆的灰烬》（蒙晦）、《在开往广州大学城的地铁上》（苏齐飞）、《乡村巴士纪事》（孙文波）、《重温“深圳速度”》（谈雅丽）、《灰鹳》（王单单）、

《影子比光更明亮》（吴燕青）、《湾区的小记》（肖婷芳）、《深圳早晨》（谢湘南）、《那一年的广州》（游子衿）、《过广州》（玉珍）、《八卦岭札记》（张尔）、《新年天河速写》（张骥）等这些文本中涉及的城市经验充满了差异甚至存在相互抵牾之处，显然他们是不同时代语境下城市经验的延续、强化、变异或拓展、更新、迭代——

他醒着，提醒着，我时时感到
他的心灵，他的注视，他的呼吸
出入我的身体，刺激我，平静我
搅动我，抚慰我，在我视野里闪烁
在我脚步里轻踩，在我天空里俯望
在我孤独又完全没有孤独感的存在里存在
在我长久沉默中，百无聊赖中，兴奋莫名中
我感到他就是我，正透过我的心灵
感受这广大的世界，透过我的目光
注视他自己的形象

——黄灿然《城市之神》

这些极其复杂、裂变和多向度的城市景观，以及相应的同样复杂多变的个体感受、理解和应对方式都需要诗人具备容留、审慎和消化的能力，而非简单的否定或肯定。我们发现诗人不再限囿于以往单纯地从“城乡对立”的角度予以伦理化的表达，而是多褶皱式地凸显出城市的多元空间、多种形态和多重功能，尤其是折射出人与城市之间时时变动、摩擦等复杂关系，时时通过“精神显影液”透析出城市、后工业与人之间的本相或寓言，“我们迟迟未动身，/直到他断绝联系几个月后，/才来到这座/黄沙扑面的城，/遍寻每日洗去痕迹的大街。/垂死者到处都是，/哪个也不是他。”（杜绿绿《诗人》）

当然，城市化空间和时间的巨大挤压也使得很多诗人在日常生活和诗歌世界中形成无处不在的焦虑感，“站在旧日子的乌有之乡，一次回访/重寻失落之物，西关持续不停而又不可触及”（黄礼孩《游西关》），“被数据耽误了幸福和宁静”（胡桑《亲自生活》）。

城市、郊区、城乡接合部、街区、广场、车站、建筑（各种公共空间和私人空间）不仅起到了实用性功能，而且还具有强大的时代伦理象征功能。什么样的建筑居于什么样的位置都不是想当然的，而是要服务于阶层和机构等级进而承担分层的社会文化功能，“在本雅明对于19世纪巴黎文化的伟大研究中，他将城市的玻璃屋顶拱廊称为‘城市毛细现象’，所有为城市带来生命脉动的运动，都集中在这个狭长而被覆盖的、拥有商店和咖啡馆以及人们蜂拥而至如血液凝块的通道中。”①

如果在现代性时间以及历史意识下考察，城市空间已然构成了全球化时代人类的命运共同体。那么，诗人作为普通人是该适应这种并不太乐观的城市现代生活，还是作为“精神成人”对其不乐观的一面进行批判？抑或如夏尔·皮埃尔·波德莱尔一样作为一个精神游荡者转而逃离到其他的“小地方”或“边地”去？此时我想到的是在德里克·沃尔科特笔下的城市。在他那里，我们看到的是：

> 我从地铁走上来，有人站在
> 台阶上，似乎他们发现了
> 某种我未觉察的东西。这是在冷战时期，
> 在核能放射尘里。我观望，整个大街
> 是空的，我的意思是彻底的空，我想，
> 鸟群已经放弃了我们的城市，寂静的
> 瘟疫繁殖在它们的动脉里
>
> ——《在乡村》

我们还要清醒地意识到文学行为与行动实践之间是有差异的，甚至有时候我们不能从行动派的角度来规范和要求一个诗人的精神生活和文学性，比如拒绝城市阴暗面的人并不一定必然或天然地居住在乡下。即使强化诗歌的“社会功能”，人们也应该注意到这是以语言为前提的，“诗人作为诗人对本民族只负有间接义务；而对语言则负有直接义务，首先是维护，其次是扩展和改进。在表现别人的感受的同时，他也改变了这种感受，因为他使得人们对它的意识程度提高了”②。质言之，一个诗人除了“现实感”和“时代性”之外，还必须具备“创造力”和“超越性”，“最初一批描写水泥钢铁的小说家给予我们的是一种形式和主题的壮丽的实验室，一种黑暗丰富的不安，一种探索的疯狂”。③

四

当我们从题材伦理和主题学的角度进入诗歌，我们会发现不同历史时期和重要节点

①理查德·桑内特．肉体与石头：西方文明中的身体与城市[M]．黄煜文，译．上海：上海译文出版社，2011.
②托·斯·艾略特．诗的社会功能[M]//艾略特诗学文集．北京：国际文化出版公司，1989.
③阿尔贝·加缪．1957年12月14日的演说——艺术家及其时代[M]//反与正·婚礼集·夏天集．南京：译林出版社，2011.

中的诗歌所涉及的题材、主题，以及情感、经验、伦理的向度是有很大差别的，而这正是来自时代环境和社会文化的巨大影响，也与诗人的人格、个体主体性、诗歌观念和写作实践的变化、发展以及提升、拓展有关。

面对这么多诗人关于大湾区的抒写，我们还应该意识到一个极其重要的问题，即诗人的经验问题。这既与现实和存在经验有关，又与语言、修辞、技艺以及想象力方式关联。

诗歌这架“永动机”是开放的、加速度运转的，也是不断更新迭代的。而“现实”和“经验”是一个动态的复杂结构，这无形之中会在诗人那里形成“影响的焦虑”。与此同时，它也会打开诗人的眼界进而拓展诗歌多样化的应对方式。无论是从个人日常生活境遇还是从时代整体性的公共视界出发，一个诗人都不可能做一个完全的旁观者和自言自语的梦呓者。当然，我们也必须正视这样一个事实，即诗歌并不是在所有的时刻都是有效的，我们需要的是有效写作，以及能够穿越时间抵达未来读者的历史之作。正如切斯瓦夫•米沃什所说，诗歌不只是“孤独的小小练习”式的内在活动的表述，而是把个人经验普遍化的行为[①]。艾伦•退特在《诗人对谁负责？》中做出了对当下甚至今后仍然具有启示性的判断：“硬要诗人自认是社会秩序的立法者，这其实是要诗人丢开诗人的确切责任。诗人的责任本来很简单，那就是反映人类经验的真实，而不是说明人类的经验应该是什么，——任何时代，概莫能外。诗人对谁负责呢？他对他的良心负责，‘良心’一词，取它在法文中的含义：知识与判断的呼应行动。”

毫无疑问，任何一个时代都需要诗人提供关于现实和写作的双重新质经验，在这方面杜甫是最伟大的代表。而关于杜甫的伟大和成就，朱自清先生早就指出：“杜甫却各体诗都是创作，全然不落古人窠臼。他以时事入诗，议论入诗，使诗散文化，使诗扩大境界；一方面研究律诗的变化，用来表达各种新题材。他的影响的久远，似乎没有一个诗人比得上。”[②]这印证了伟大的诗歌永远都不会过时，而是能够穿越时空抵达不同年代和未来读者，能够时时打动、感染和震撼人们。可见，伟大的诗人和诗歌就是人类命运共同体和精神共时体。美国著名汉学家宇文所安则认为杜甫是最伟大的中国诗人，“杜甫是律诗的文体大师，社会批评的诗人，自我表现的诗人，幽默随便的智者，帝国秩序的颂扬者，日常生活的诗人，以及虚幻想象的诗人。他比同时代任何诗人更自由地运用了口语和日常表达；他最大胆地试用了稠密修饰的诗歌语言；他是最博学的诗人，大量运用深奥的典故成语，并感受到语言的历史性”。[③]

①切斯瓦夫•米沃什．诗的见证[M]．黄灿然，译．桂林：广西师范大学出版社，2011.
②朱自清．《唐诗三百首》指导大概[M]．沈阳：辽宁人民出版社，2000.
③宇文所安．诗的引诱[M]．南京：译林出版社，2019.

在21世纪初，在中国“80后”一代的写作中，在具有“底层”“农村”“打工者”（“农民工”）“女性”“新工业”身份的写作者中，如果要找出一个标志性的阅读样本或“标本”的话，可能没有第二个比这个人更合适的人选，而这个人就是郑小琼。2001年卫校毕业后，郑小琼做过几个月的护士，甚至当过餐馆服务员，最终无望的她被迫离开故乡南充而南下广东打工。随后，东莞五金厂这个工号“245”的“郑小琼”已然成了中国“新流徙时代”以及“工业流水线”大军中的一员、样本和切片。2001年也是郑小琼个人写作史的开端，诗歌通过生存被压榨的方式产生。从“打工诗歌”的生产机制以及民刊发挥的特殊功能来看，2001年也是国内第一份打工诗歌报《打工诗人》创办的一年。

比较杨克2020年的近作《在华强北遇见未来》《亲近大国重器智能燎原》和郑小琼当年的《穿过工业区》《流水线》，以及谢湘南的《深圳早餐》（1997）、《葬在深圳的姑娘》（2009），我们会发现三者所反映的“工业经验”是有不小的差别的。甚至相较而言，杨克反映新科技和新工业的经验的诗与其2001年5月所写的《在东莞遇见一小块稻田》也有不同。

郑小琼和谢湘南面对的是21世纪初大机器和新移民潮背景下的工业景观，他们的诗也更多带有个人命运与社会学对话的趋向，甚至携带了更多的疼痛叙事经验和“疾病的隐喻”。比如郑小琼的《穿越星宿的针孔》一诗，这首仅20多行的诗中却极高频率地出现了极其典型的工业化词组和机器意象群，比如“钢针机”“切割机”“机械手”“热处理闷罐”“移动滑轮”“螺丝”“警示器”“启动器”“指示灯”“煤气灯”“超声波”“酸液”“除锈剂”“电镀液”“电镀水池”“工业废水池”等。2019年7月9日，远在深圳的谢湘南给我寄来他的新书《深圳时间：一个深圳诗人的成长轨迹》。作者简介又再一次让我目睹了一个社会人和诗人的并不轻松的现实境遇：“谢湘南，1974年出生于湖南乡村。插秧种菜、养猪养鱼养牛都曾涉猎。1993年抵达深圳打工并开始写诗，辗转于珠三角，往返于湖南、广东之间。在1993至2003年间，先后做过工地小工、玩具厂装配工、五金电镀厂搬运工、纸厂装配工、电子厂机床工、图书馆保安、人事助理、女性用品推销员等十余种工作。”显然，人被不断物化、异化和切割。正如马克思所说：“工人也如同机器一样，是现代的产物。”主体的人丧失了独立意志，被切割然后固定、拧紧、铆死在机台上，再经过焊接、除锈和防腐、漂洗之后成为链条式的存在，随之长出来越来越多的钢铁构件和电子元件。在一个个面无表情的机台上，一个个具体的人被快速转换为一台台新机器然后又同样迅速地沦为旧机器……

以郑小琼和谢湘南为代表的诗人具有“元文本”意义，这种高频率、高密度的写作方式正是诗人社会身份和极度焦虑心理的应激反应。这形成的是大机器时代的反讽、悖论和戏仿化的话语方式。有时候阅读一个人的诗，除了关注其文本内部的特质之外，我们还会不由自主地去关注其现实生活和社会背景。从一个诗人的阅读效果史中我们总是目睹了“现实”“伦理”“道德”“正义”所携带的社会学阅读的强烈效果和连带反应。甚至在国外汉学家看来，这种写作现象还不可避免地具有“民族寓言”的性质，“英语中的‘labor poetry’（劳动诗歌）、‘worker poetry’（工人诗歌）、‘migrant worker poetry’（民工诗歌）都不能全面表达上述含义。总体上看，‘打工’一词，出自口语的、非正式的语域，上述三种译法都不能全面表述。而且，在共和国文学的语境中，‘labor poetry’和‘worker poetry’这两种翻译回响着像革命现实主义、革命浪漫主义这类诗学观念，往好里说是不够准确，往糟里说是误导。”①诗人必须时刻提醒自己，诗歌的“现实功能”“社会功能”与“内在功能”，尤其是“语言功能”应该是同时抵达的。诗人既是“现实公民”又是“时间公民”和“语言公民”。陈超先生曾经如是说：“那些只为一种风格而写作是可疑的，那是一种源于阅读或是累积象征资本的写作”。显然，这是对风格化和伦理化写作者们的警告。

五

需要强调的是经验的所谓新旧并不能决定诗歌的品质，因为诗歌写作，以及标准从来都是一个复杂的动态过程，恰恰杨克和郑小琼、谢湘南都是在不同时代节点较早通过诗歌而传达出崭新的个人经验和时代经验甚至写作经验的代表诗人，而这才是写作的关键所在。

尤其是新工业时代以来，围绕着广角镜头或微观视角下的大湾区，我们会注意到在大国重器、量子科技、大数据、人工智能、云计算、物流枢纽、快递服务、数字经济、媒介革命、速度景观背景下的新工业发展令人惊异而眩晕。而与此相应，新的时代，以及量子时代的发展使得诗人的现实经验及写作经验都要时时予以更新。

引力波链接百亿光年星系
我与宇宙里无数个遥远的我
人机交流，而月亮的真相
想象力在唐朝就提前抵达

①柯雷．铁做的月亮——《我的诗篇》英文版和同名纪录片的书评兼影评[J]．张雅秋，译．新诗评论，2018（22）．

恍惚中，我们从十维空间
再度重临曾经的世界
戴上多D炫彩眼镜
我看见暗物质，周围如此精彩

——杨克《在华强北遇见未来》

杨克面对新工业景观，深入思考了诗人如何处理“时代”“新经验”的问题，“进入‘云端的世界’，未来终将提前到来。《在华强北遇见未来》，我之于深圳，就应该像庞德之于巴黎，快速发展的高科技新工业，让我们渐渐进入了‘非常态’‘非常规’‘非常识’的领域，新工业时代交给诗歌的任务，不仅仅是反映，还要反思，反思工业化、信息化、智能化所挟带的‘大工业的流水线的生产方式，复制、3D打印的同一性’，而诗人的使命只能‘扛起重型装备、电梯、机床、核电反应堆堆芯，扛起燃气轮、水轮机、联合循环机组，扛起风电旋转叶片、电站环保设施，来组装一颗超级大城市的心’，以此换取一颗面对工业机械性的有温度、有态度的诗心”。[①]

然而在一个比较长的时段内，在工业社会向后工业社会过渡和急剧转换的过程中，诞生了几乎无处不在的“痛苦法则”“怨愤诗学”，以及流行的社会学阅读，而人们已经忘却了阿尔贝•加缪所说过的“从未有过一部天才的作品是建立在仇恨和轻蔑之上的，这就是为什么艺术家在其行进终了时总是宽恕而不是谴责。他不是法官，而是辩护者。他是活生生的创造物的永远的辩护人，因为创造物是活生生的”。[②]

围绕着大湾区诗歌，我们会经由海湾、城市、公园、郊区、城乡接合部、农村、工人、工厂、机器、生产线、工业园区、交通网络、电子屏幕等看到极其庞大而复杂多变的社会场域，以及新工业和全球制造业在不同时期的发展与变化的时代景观。

还是工业时代的背景
规整的楼宇，淡淡的雾霭
在照片里呈现为并不理想的透明度
对于一个拍摄者
无论怎样变换角度，甚至把横拍变成竖拍
也无法改变光照的效果

①杨克．新工业时代的诗歌维度就是未来已来[J]．诗刊，2021（1）．
②阿尔贝•加缪．1957年12月14日的演说——艺术家及其时代[M]//反与正•婚礼集•夏天集．南京：译林出版社，2011．

而决定一张照片的关键因素
不是技术，也不是人的想法和一双娴熟的手
——华海《在顺德，我关注一条河流》

这些诗程度不同地折射出复杂的现代性经验、工业文明和后工业文化心理的嬗变，以及彼此之间的复杂关联。金融、纳米、量子、大数据、网络等时代的新词和新闻化的现实境遇都要求诗人具备处理、消化、转化、再造现实的能力，我也听到了诗人咀嚼现实的咔咔声……

显而易见，科技和新媒介对工业题材诗歌的参与是有目共睹的。如今人工智能的发展也使得包括诗歌在内的文学生产发生了巨大变化，新经验及其携带的信息量也越来越大。诗歌与媒体的互动，以及生态新变也是前所未有的，拟像、代码语言、物化社会以及奇点时代已经到来！具有惊奇效果的科技自动化和人工智能逻辑正在改变人与环境、人与人，以及人与机器之间的固有关系，甚至技术革命已然成为新世界的主导精神和宏大叙事。由此，需要反思的是诗歌不能以题材为主题而写作，更不能沦为扁平化、类型化和高分贝的浮夸型的写作，而是应该在社会景观的嬗变和时代的多棱镜和万花筒中再次回到诗歌的内部机制和个体本体性的根基，进而再回到一个个真实不虚的生命和命运本身，回到修辞技艺、语言的求真能力以及个人化的现实想象力。

围绕着“大湾区”，无论是处理日常物态还是直面现实难题，或是历史化空间，无论是面对过去时的传统还是当下量子时代的科幻现实和未来远景，真正的诗人都应该在“词与物”的风暴中深度凝视并发出特有的浩叹。需要强调诗歌只是一种特殊的“替代性现实”，即精神现实、修辞以及想象化的现实。即使只是谈论物化的“现实”本身，我们最终也会发现每个人谈论的“现实”都不尽相同，更多的时候“现实”是多层次、多向度、多褶皱的。与此相应，现代人的日常经验已然愈益分化，当下中国诗坛充斥的正是随处可见的“即事诗”“物感诗”。在日常经验泛滥的整体情势下，“现实”是最不可靠的。唯一有效的途径就是诗人在语言世界重建差异化和个人化的“现实感”和“精神事实”，而这正是中国诗歌传统一直漫延下来的显赫事实。

是的，真正的诗歌，无论其处理的是什么题材和主题，那些能够一次次打动读者甚至能够穿越时代抵达未来的作品，都能让我们在人类精神共时体和命运共同体的意义上看到人性、命运，以及大时代的斑驳光影、炫目奇观和复杂内里。

作者系《诗刊》副主编、中国作协诗歌委员会委员

序二

湾区景观、城市心灵和未来想象

——以《大湾区文学选本·诗歌卷》为中心

冯　娜

文学与地理空间、环境的关系研究作为一种研究方法已被学界广泛探讨，中国的文学地理学研究上可追溯到两千多年前《左传•襄公二十九年》所载吴公子札对“国风”的评价。然而，巧合的是，“文学地理”这个概念的提出，始于出生于广东新会的近代学者梁启超先生（《中国地理大势论》，1902年）。事实证明，不同的自然地理环境和人文地理环境必然会对文学创作者的心理状况、知识结构、文化底蕴、价值观念、审美倾向、艺术感知、文学选择等构成多方面、不同程度的影响。特别是现代，文本与空间之间呈现出复杂的关系。《大湾区文学选本》丛书的编选旨在讨论粤港澳大湾区的自然环境、人文景观如何渗透在作家的创作当中；作家们的文本创作又在哪些向度拓展了湾区的文化空间。

那么，作为一个概念先行的选本，粤港澳大湾区诗歌由谁书写？仅仅是生于斯长于斯的诗人们吗？现代社会早已步入了“日行千里”“耳听八方”的赛博时代；特别是位于改革开放前沿的湾区城市群，社会交互性和人口流动性极强，湾区不仅是“原初居民”的湾区，更是众多“新移民”的湾区；在文学的世界中，更是意象的湾区、象征的湾区。基于此，《大湾区文学选本•诗歌卷》选择了出生并成长于大湾区的诗人，如梁小曼、贺绫声、白炳安、陈会玲、张慧谋、郭杰广等；目前正在大湾区工作和生活的诗人，如杨克、黄灿然、姚风、陈东东、黄礼孩、卢卫平、凌越、舒丹丹、谢冠华、安石榴、林馥娜、世宾、杜绿绿、黄金明等；曾在大湾区生活、目前已离开大湾区的诗人，如张战、吕约、刘年、程学源、文珍、蓝紫等；曾路经大湾区的诗人，如臧棣、胡弦、商震、张执浩、杨庆祥、玉珍、泉子、张二棍、王单单等，以及从未到过湾区的诗人，如何永飞（在向后两类诗人的约稿过程中，很多诗人表示对粤港澳大湾区了解甚少，从末书写过相关诗歌，故无法提供文本）。《大湾区文学选本·诗歌卷》试图通过这五类诗人的“参与”“观看”和“想象”，构建起一个多维、立体的诗歌湾区形象。这些诗人涵盖了出生于20世纪50年代的诗人，如林莽（出生于1949年末）、王小妮、孙文波，到千禧年（2000）后出生的诗人，如陈淑菲、向雪、姜二嫚。不同代际的诗人，他们是带着不同时代经验的“同时代人”，他们所体会到的湾区有何异同？土生土长的湾区诗人与“新移民”有哪些不同的生命体验和感怀？不同生存际遇的诗人们又有何种心灵的互通？……带着各种各样的疑问，我进入了由110多位诗人（书中以姓氏首字母音序排序）近200首诗歌共同塑造的“诗歌湾区”。

一、湾区作为一种介质

在论述叶芝的诗歌时，诗人希尼曾这样谈到作家与地理的关系：“当我们谈到作家与地点时，一般会假设作家与该环境有某种直接的表述关系或解释关系。他或她成为该地区的精神的声音。”“虽然作家的即时目标可能没有对该地区或民族的背景产生直接影响，但该背景却是可以作为其作品的一个显著元素而被感知的。”让我们先来提取这一百多位诗人的诗歌中出现的地理名词：天柱岩、维多利亚港、深圳、澳门、香炉湾、淇澳岛、宝安区、中山、金沙酒店、西樵山、八卦岭、佛山祖庙、天河、华强北、梅关古道、新田村、巽寮湾、竹湾海滩、伶仃洋、足荣村、黄江、迈特村、广州大学城、顺德、西关、大鹏湾……单是从近两百首诗歌题目所提及的地方，我们仿佛就能直观地沿着诗人们的脚印勾勒出一幅简笔的“大湾区地图”。而这些地理空间在诗人那里不只是一种“背景”或“气氛”，它更是一种诗人内心的“介质”，借以他们个体生命的慨叹，这些个体的细流，最后将融汇于大湾区精神的声音。

在粤语之城，不存在的名字、声响与印记
从印花布上隐约浮现，游荡已等同于外部世界的经历

——黄礼孩《游西关》

在淇澳岛白石街，我想象一种生活
大海围住故乡，我成为原住民

——方舟《在淇澳岛白石街》

以海角里跃出的风，教导我们

降低浑身摆动的小彩旗

——池凌云《在香炉湾》

在这样地理空间确切的游历中，诗人们的内心风景被湾区的风光所召唤，他们的目光停栖在“此处”，但他们的心向往着过去、未来，以及那些渴念过的别处的生活。在《汤显祖的梦》（安石榴）、《谢灵运》（蔡天新）、《豹隐——读陈寅恪先生》（育邦）、《在贾梅士雕像前》（林莉）等诗作里，我们不仅追溯着地理空间，更追溯着大湾区精神的历史源流。世界上的著名湾区都具有天然的开放属性、多元化的人口与文明特征，“世界的浪潮，涌入时代选中的港湾/古老的灯塔，延续海洋文明的灯火”（安石榴《浩瀚》）；无论是汤显祖、谢灵运、苏轼等文人曾被流放的古代岭南，还是今日被时代选中的港湾，人们都在不同时代延续着始终贯穿于大湾区的精神气质：务实、包容、开放。

正是被这种包容和开放的精神所吸引，在20世纪80年代改革开放的浪潮中，无数怀揣着梦想和激情的人们涌向这片前沿阵地，这其中不乏诗人的身影。当时，象征着时代潮头的湾区激情勃发，活力和干劲渗透在社会的方方面面，诗歌现场亦如是。1986年，诗歌民刊的先锋《面影》在广州创刊；同年10月，徐敬亚等人在深圳发起了由《深圳青年报》和《诗歌报》联合举办的“中国诗坛：1986年现代诗群体大展”。紧接着，1998年梅州诗人游子衿创办了民刊《故乡》，也是这一年，诗人晓音带着《女子诗报》来到广州，这是中国第一份由女诗人创办、专门编发女诗人诗歌的刊物。1999年，诗人杨克在广州主编《中国新诗年鉴》，持续至今；同一年，诗人黄礼孩创办了民刊《诗歌与人》，为之后“诗歌与人”诗歌奖、广州新年诗会等项目的创立打下了基础。此外，《诗江湖》、《行吟诗人》、《赶路诗刊》、《打工诗人》、《中西诗歌》、“一刀文学网”、《飞地》《我们》（香港）、《呼吸》（香港）、《女也》（香港）等刊物和诗歌群落先后面世并活跃于湾区乃至全国诗歌界。值得注意的是，诞生于大湾区的这些诗刊和诗歌活动一开始就未将眼光局限于本土，而是辐射全国乃至世界。诗刊及诗歌活动成为当时诗歌文化交流的重要载体和媒介，吸引并催生了众多诗人投奔、往来于湾区，与湾区建立了精神上的链接。

多年以来，在湾区生活的诗人同样秉持着务实、进取的精神，他们不仅是诗歌写作者，也是诗歌活动创办者，更是湾区脚踏实地的劳动者。随着互联网媒体的兴起，2000年，国内首家拥有独立服务器的诗歌网站“诗生活”在深圳创办，其创办人莱耳也是一位长居大湾区的诗人。澳门国际文学周、香港国际诗歌之夜、“诗歌与人”诗歌奖、“珠江国际诗歌节”、“诗歌人间”诗歌音乐会、华语传媒文学奖（现名“南方文学盛典”）、花城国际诗歌之夜、“花地文学奖”、“广东省小学生诗歌节”等具有延续性和影响力的诗歌活动在大湾区生根开花、兼收并蓄，每一年都吸引着国内外的诗人和作家到此交流，共享湾区之光。值得一提的是，设立于2014年的“东荡子诗歌奖”，是大湾区的诗人为了纪念共同的朋友、已故诗人东荡子所设立，它抱持着诗歌亘古的精神和友谊传递的信念一年一度颁发给国内优秀的诗人、评论家和具有潜力的青年写作者。在《大湾区文学选本·诗歌卷》的编选过程中，我读到了南京诗人育邦的《致东荡子》一诗，颇为感慨。自古以来，诗歌就不单单是诗人们抒发情志、通往广大世界的一种介质；诗歌更是志同道合者相互沟通、维系感情的纽带。诗歌是献给“无限的少数人”的，这些诗人的情谊能让人体会到这“无限的少数人”之间的回应，超越了时间和空间。诗人们在大湾区写诗、编书、操持诗歌活动，他们惺惺相惜，求同存异，出世也入世，不断将诗歌的美意传达给世界上相通的心灵。对于诗人而言，这是一种审美的实践，一种人格完善的追求；对于大湾区而言，这就是一种诗歌信念，一种文化精神。

在一些诗人那里，湾区的风景属于观光客的凝视，“车停了，一群樵夫从假苹婆树下走过”（李元胜《西樵山上小坐》）；“这沙滩，可是我们大西北沙漠的小亲戚”（马萧萧《深圳湾》）。对于另一些诗人而言，湾区就是单调、庸常的日子周而复始，“日复一日的磨损却没有偿还/银色的齿轮捏造着/我的每一天”（蒙晦《记忆的灰烬》）；“他们在我的视野里奔忙，顺便带动我的血液”（凌越《一天，我在城市里驻足》）。在新奇和沉闷之间、在陌生和熟稔之间，我们仿佛可以看到湾区生活的两种形态相互叠加，互为表里。我们也会看到一些很有意思的诗人在城市边缘聚居的景观，比如在广州、佛山交界处的“南风台”、深圳的“洞背村”等，诗人们在城市一隅的地理空间群居、聚会，他们以一种日常、自洽的方式完成着自己的生活和写作。“游乐园里有一个我的孩子”（吴燕青《游乐园里有一个我的孩子》）、“窗台边的水仙花已经枯萎”（叶由疆《临窗》）、“在带光的夜里，我们围坐/谈论豆荚花的香泽”（曾欣兰《凉亭记——兼致安石榴》）……这般平淡的生活场景可以发生在任何一个地方，它们消弭了地理、时间的意义和隔膜，让诗意和所有我们度过的寻常日子熔为一炉。与其说这是大湾区的平实、烟火气，不如说这是诗人生活多元的样本。正如“采菊东篱下”之于陶渊明，“大庇天下寒士俱欢颜”之于杜甫。

二、“城市豹子的歌声”

1929年，鲁迅先生曾说：“中国有馆阁诗人，有山林诗人，就是没有都会诗人。”伴随着城市化浪潮在中国的兴盛，特别是在工业文明、商业文明迅速崛起的大湾区城市群中，诗人的神经无时无刻不被时代的脉搏挑动着，鲁迅先生所提及的“都会诗人”应时而生。

20世纪90年代，居住在广州的诗人杨克敏锐地感受到了都市生活的脉动，其《在商品中散步》《天河城广场》等系列诗歌便是具有代表性的书写商业时代、消费社会的现实之作。而在热火朝天的“世界工厂”，以及珠三角各行各业的生产线上，郑小琼、郭金牛、罗德远、谢湘南、蓝紫等一批诗人，发出了他们最真实的声音：

> 高大的厂房，这些时代的巨轮。鼓荡着
> 时代的风景，城市豹子的歌声，钢铁迅速
> 定型成轮状的、块状的，或者细小的元晶
> 燃烧着时代浑厚的气息
>
> ——郑小琼《穿过工业区》

> 走在接踵的人流中，我与他们
> 是一样的，我们残忍地
> 向生活奉献了肉体、青春、汗水
> 奉献了背井离乡的酸辛和故乡的记忆
>
> ——蓝紫《长青路》

这些诗歌与青春和梦想有关，也与辛劳和失落有关。就是这样一批以打工者为主体的写作，为世人展示了一幅幅工业时代有血有肉的浮世图景，一度成为震动诗坛的“打工诗歌”。波兰诗人切斯瓦夫•米沃什曾说诗歌是“个人与历史的独特融合发生的地方，这意味着使整个社群不胜负荷的众多事件，被一位诗人感知到，并使他以最个人的方式受触动。如此以来诗歌便不再是疏离的。”这些为千千万万个打工者立言，表现他们真实生活和心声的诗歌迅速成为诗坛备受关注的现象。打工者这个群体受到了社会各界广泛关注，也引发了人们对现代工业的反思。过去几十年，在大湾区的土地上，一夜暴富、一日之间倾家荡产的故事比比皆是，物质的贫穷和富足在这里现出了具体可感的面目，“财富研出了均匀的粉末/天冷冷的，越退越远，又咸又涩”（王小妮《盐》）。“打工诗歌”以一种独特的、颇具时代性的诗歌类型登场，像直白、沉重的铁锤砸向尚在转型期的社会，让人们如此直面城市工业化的现实场景，这也昭示着尚在雏形中的大湾区将会成为社会经济领域和文化场域中的双重范本。

“打工”一词于20世纪80年代开始从香港传入内地东南沿海，时隔四十年，“打工

人”成为今天的网络热词，它的原初意义也悄然发生了位移。人人都自称“打工人”，大家都是城市、乡村建设者中的一员，“打工”即是劳作。设立于深圳的“全国十大劳动者文学好书榜”，也从最早奖掖工人写作群体拓展为奖励各行各业的劳动者、书写者。当年的“打工诗人”群体中的很多人早已离开了工厂，我们对于城市文明的进程有了新的感受和体会：

此刻你我经过这里，像粒子
穿越中国这台巨大的加速器
华强北是它小小芯片

——杨克《在华强北遇见未来》

每天，工业区的青年才俊们
乘坐观光电梯
挤入卡机鸣奏的云雀中上下运行

——张尔《八卦岭札记》

这列火车一旦
跨过了这座桥
就进入了另一个时代

——路也《火车开上了那座桥》

时代的发展马不停蹄，大湾区的城市文明是工业、商业的文明，更是现代科技的文明和人文理念的文明。芯片、观光电梯、火车、人工智能、5G技术等是科技文明物化的表现形式，诗人们目睹并亲身体验着城市带来的便利，同时也拥有了新的生存经验和生命体验。“诗是经验。为了一首诗我们必须观看许多城市，观看人和物”（里尔克），城市日新月异的发展为诗人们的书写提供了新的视野、新的契机，同时也考验着一个诗人“与时共进”的勇气和能力。

大湾区是历史淘洗后必然聚合的湾区，是正在合力开拓的湾区，更是未来的、具备诸多可能性和想象力的湾区。某种程度上，现代科技展现出的人类智慧和非凡想象力，与诗歌的内质是一致的。一直以来，“想象力是人类塑造未来最有力的工具。想象力也是写作的核心能力，它既表达现实，也使现实变异，进而创造新的现实”（克拉克）。在《大湾区文学选本·诗歌卷》中，我们看到了诗人们在面对历史时的想象力，如诗人余笑忠的

《梅关古道》，穿越千百年前尘封的遗迹与历史对话，也看到了诗人在面对宏大事件时的想象力和现实担当；如诗人程学源的《百年期待》（节选），这首近万行的长诗（四人合著）聚焦中国政府对香港恢复行使主权的历史事件，完整地记述了泱泱百年间香港筚路蓝缕艰难新生的历程。面对未来，诗人的想象力更是一发不可收，如“00后”小诗人姜馨贺的《在特呈岛骑单车》，她想象着自己坐上时光隧道，回到古代与另一个自己相遇，在未来，她的奇思妙想是否真能借助高新科技实现也是未可知的。诗人们在面对历史、现实和未来的书写中，处理的是对时间、地理和事件本身的认知。随着时代的发展、人类文明的进步、科技的迭代，我们对这些概念的认知也必然出现更新，诗人们的写作也会因之焕发新的生机，这也是《大湾区文学选本•诗歌卷》选取了近六个不同年代的诗人作品的缘由之一。他们对城市文明的体会差异巨大，他们诗歌中呈现出的多元、复杂的生命经验和对未来的想象力，正是诗歌作为人类存在实证的意义所在。

在中国，以往人们常常通过乡村来辨认城市，在这样一个具有悠远深重的农耕文明的国度，城市文明的演进必然对应着一个乡土中国的变迁，诗人们敏感地捕捉并跟踪着这个历程。在大湾区，我们可以看到不同的社会生态：香港、广州、深圳这样的千万级人口聚居的巨型城市；珠海、惠州这样相对闲适的海滨城市；中山、江门这样侨乡文化发达的历史文化名城；肇庆这样山水清丽、风光旖旎的城市；澳门灯火彻夜不熄；东莞不仅拥有“世界工厂”，还有目前广东省最大的非物质文化遗产展馆……在城市与城市相连的地方，城乡接合部、城中村、新农村都是诗意滋生的地方，它们依然等待着被人们看见，太多的湾区故事也等待着被诗人们去发掘、去书写。而诗歌，始终是关乎人心的艺术，无论是城市还是旷野，无论是海湾还是陆地，诗人们都用心灵呼应着来自生命深处强烈或幽微的震颤。

三、“关于海的话语如此众多”

诗人达维希曾这样描述城市：“城市有属于它们自己的气味：莫斯科是冰块上的伏特加味。开罗是芒果和生姜味儿。贝鲁特弥漫着阳光、大海、烟雾和柠檬的气味。”在描述大湾区城市群时，诗人们也凭借着自己的“嗅觉”，寻找着属于一座城市的独特味道。

从选本中我们可以窥见，如果让诗人们选择一个意象来描述大湾区，很多诗人的首选是“海”。这不仅仅是因为粤港澳大湾区与海洋紧密相连，南海之滨的山海资源是它突出的自然景观和物质属性；更在于海洋始终是文学书写中一个重要的母题，因其浩瀚、神秘、有容乃大、变幻莫测，具有天然的诗性吸引力；更因“它仍然是未被征服的，为数不多者”（江离《海之简史》）。

《大湾区文学选本·诗歌卷》中，几乎三分之一以上的诗人都写到了海或与海有关的事物，如“面对浩瀚的大海和喧响的波浪/面对一切宏大的事物　一个小小的生命能如何应对”（林莽《把大海关上》）、“被海水周期性淹没的红树林”（池凌云《红树林》）、“她只允许一些小型船只通过/以彰显两岸建筑物的伟岸”（蔡天新《维多利亚港》）、“我们徘徊在海滩边/也许，诗不过是偶尔溅起的浪花”（李少君《诗》）、“假若大海一条鱼都没有了，那大海将是人类的贫穷”（姚风《谭公庙》）、“大海没有捧出全部的浪花”（云影《蓝贝壳》）、“荡漾的反光来自开阔的海面”（臧棣《竹湾海滩观止》）、“海岛速写着海平线，大桥速写着/三座岛屿的距离”（黎衡《澳门：喻体》）、“海水的力量足够考验一颗忍耐的心”（马莉《大海的失踪者》）、“我坐在乡村巴士上一路沿着海边走；十七英里、玫瑰海岸、上洞村、土洋”（孙文波《乡村巴士纪事》）、“台风过来时，天空在裹一个包袱”（齐乙霁《有台风要落》）、“大海浅淡的灰绿色/像野猫的眼”（扶桑《海之情歌》）……在诗人这里，海是被观光的自然景观，是自然伟力的象征，是被投射了心灵镜像的反光体。在他们笔下，海水、岛屿、水鸟、贝壳、海岸、沙滩、地平线、灯火、台风、暴风雨、浪花等事物虽然都非常“切题”地指涉了粤港澳大湾区地理空间中的元素，但在具体的文本中，这些事物通往更广大的水域。青年评论家李德南在谈到文化地理中对地方性的强调时认为，文化地理应该始终与普世性相连，这应该是优秀文学作品本身应具备的品质。所以，湾区之海是通往辽阔世界的，它是人生之海、人性之海、人心之海。

那是海鸥
翅膀点击着浪花

那是我们经常用来形容内心的——波澜
也形容壮阔的时代

在祖国的海边
我们谈论往事　一代人的命运

——娜夜《看海》

诗人们看海，在祖国的南海边，看到的是个体生命的波澜，“一代人的命运”，背后则是时代的壮阔、数代人的热血。在大湾区的海边这样的感受尤为强烈，这里曾是古代海上丝绸之路的重要中转站，也曾是终日漂泊海上、以打鱼为生的疍民的故乡。这里是中国改革开放、海外贸易的前沿阵地，伴随着经济飞速发展、人口第三次大规模南迁；几十年间见证了社会转型期诞生的奇迹，也上演了无数人的大起大落、悲欢离合的跌宕故事。诗人的言说之所以可贵，正在于他们在时代“那巨大的光芒”中，靠近了鲜活生命的悸动。

昨夜入洞房，今日合影，明早他下南洋
这是我的命

——杨碧薇《下南洋：开平碉楼里的女人像》

你们身体，活泼的流动
曾在这个城市的街巷里穿梭
是制衣厂　玩具厂　电子车间　柜台前　写字楼内
让人心颤的气息
你们或许曾成天加班
或许在城中村的一个楼梯间，热烈地
吻过自己的恋人

——谢湘南《葬在深圳的姑娘》

新旧时代的女性奇妙地在诗中相遇，她们的命运携带着南洋的气息，又穿梭在不同的时代；她们的面目仿佛又游向各自的海域。诗歌以它的方式桥接了历史，两代女性中间隔着的是滚滚流逝的时间，也是人类文明轰隆而过的车轮——这一切构成了人类海洋文化的一部分；海洋文化本质上就是人类与海洋的互动关系的产物。借由诗人们对以海为轴心的物事发散性的书写，我们了解到人类在海边的一些活动和影踪：“一对外地夫妻贫贱的爱情/他们漂泊半生，直到在海边安顿下来”（熊曼《大海》）；“有一年在海边，我亲眼见证了/浪花带走生命，是何等的简单和悲伤”（何晓坤《大海从未平静过》）……感受到海洋性季风气候中的日常，“在这儿住着永不死的夏天/还有我四五个/温和的叔叔”（玉珍《过广州》）；“海水退下去，让出广阔的沙滩/我知道我们已不可能得到更多”（远人《巽寮湾海滩》）……海洋如同陆地，是人类的另一个“母体”，它永不停息地涌动着，如同一代代诗人站在岸上，倾听并诉说着海之潮汐、生命之律动。

亨利·列斐伏尔（Henri Lefebvre）曾在《空间的生产》（*The Production of Space*）中指出，“生产的社会关系是一种社会存在，或者说是一种空间存在；它们将自身投射到空间里，在其中打上烙印，与此同时它们本身又生产着空间”。陆地和海洋都是物质空间的客观存在，而每个诗人在社会空间中所处的位置是不一样的，他们所能“生产”和“再现”的“精神空间”自然也是不一样的。在当代诗人的书写中，曾经代表着大湾区传统文化的元素，如粤剧、龙舟、武术、醒狮、莞香等也超越了前人赋予它们的文化意涵获得了新的建构：“今夜，在东莞，你在另一种幽香里/熟结沉静下来，想起诗歌，或者君子”（华海《莞香》），“粤剧里的汾阳王/是我出窍的灵魂”（郭杰广《看粤剧》）……“海洋”或“湾区”所传承的文化基因在诗人们具有延续性的传统书写中愈发丰满，又在他们具有现代性的书写中获得了多层次、多面相的精神内里。就在这样持续、反复的空间“再现”和“生产”中，大湾区整体的视域和维度将得到不断地拓展。可以说，就当下诗人们关于大湾区的书写来看，从地理感知和精神认知的角度，他们早已超越了客观实在的大湾区，不仅塑造了一个立体、清晰、复杂的湾区形象，更抽象出一个开放、多维、充满创造性和想象力的精神存在。

我之前曾提到未来城市和湾区的发展必然是一个整体性的构想，经济产业链的集群发展、文化板块的深度链接都将携手共进，此外，还应更多投注于“人类如何诗意栖居”的命题。这种紧紧镶嵌在历史进程中的命题，势必影响和改变人们看待世界的眼光和格局，也势必影响人们对于生命和未来的思考。“大湾区文学”是一个正在发生和不断发展的概念，就像米沃什所说：“如果不是我，会有另一个人来到这里，试图理解他的时代”。

在编选《大湾区文学选本·诗歌卷》时，这种“另外一个人在试图理解他的时代”的感受扑面而来。在这科技空前发达的时代，在这城市面貌日新月异、人类生存图景纷繁复杂的大湾区，诗人们是如此真诚地打量、重述、构想、探索着属于自己的时代。历时近半年，当这本诗选即将编竣时，我来到了珠海市横琴新区。一二十年前，这里曾是未被开发的海滨郊野之地，在南亚热带季风的吹拂中，静静与香港、澳门隔海相望。如今，大规模的工程轰轰烈烈，“粤港澳”合作新模式的示范区正在兴建。在热火朝天的建筑工地前，我眺望着不远处的澳门，许多建筑清晰可见，我辨认着威尼斯人（澳门著名的赌场之一），每天，来自世界各地的真金白银在那里吞吐，许多人豪掷着他们的命运。另一个方向，世界上总体跨度最长、海底沉管隧道最长、工程规模最庞大的跨海大桥港珠澳大桥蜿蜒于海。我想起了曾有人问我：在钢筋水泥的城市生活，在匆忙、多变的生活节奏中，你是怎么写诗的呢？我想，《大湾区文学选本·诗歌卷》里的诗人们用他们的诗行回答着这个问题。诗歌从来不只是闲情雅致时的感喟，更是在生命长河中灵魂的声响。就像作家福克纳说过的：“人类是不朽的，这不是因为万物当中仅仅他拥有发言权，而是因为他有一个灵魂，一种有同情心、牺牲精神和忍耐力的精神。诗人、作家的责任就是书写这种精神。他们有权力升华人类的心灵，使人类回忆起过去曾经使他无比光荣的东西——勇气、荣誉、希望、自尊、同情、怜悯和牺牲，从而帮助人类生存下去。诗人的声音不应该仅仅成为人类历史的记录，更应该成为人类存在与胜利的支柱和栋梁。”

感谢作品被收录诗选的113位诗人，当然不止这些诗人（由于篇幅、题材等所限，选本必有遗珠之憾），让我领会到人类这种富有同情、理解、忍耐、奉献、尊严、良知和希望的精神。他们参与、创造并记录了历史，也记录了人类存在的丰富图景；他们的持续书写将成为大湾区发展历程中生动的“标本”和参照。同时，感谢评论家霍俊明先生，他以高屋建瓴、提纲挈领的见识和学养梳理了该诗选的文本价值和现实意义，“那些能够一次次打动读者甚至能够穿越时代抵达未来的作品，都能让我们在人类精神共时体和命运共同体的意义上看到人性、命运以及大时代的斑驳光影、炫目奇观和复杂内里”，这是一个具有高度艺术审美的评论家所期待的文本，也应是一代代优秀诗人所追求的精神内核。

本卷所有诗歌点评由南京大学文学博士、《扬子江诗刊》编辑顾星环撰稿。感谢青年评论家顾星环女士，她对每位诗人诗作细致、精到、情理兼具的点评将成为深度阅读这些诗歌的最佳“向导”。她引用韦伯的名言“人们可以通过计算掌握一切，而这就意味着为世界祛魅”，来追问“历史的深渊里究竟有什么呢？”相信诗人们的作品和她的导言已经有机地融为一体，为读者阐释了一个充满了魅力、冒险、激情又低徊、明亮又幽暗、勇往直前也具备反思精神的粤港澳大湾区。

如是，《大湾区文学选本•诗歌卷》的编选，不是为了“建立一种诗学，或者建立某种美学的标准”，而是为向每一颗在这片热土上耕耘、创造的心灵致意。我们的生命曾在大湾区交汇、相互照耀，也将像百川入海，通往“共同体”的文明之中。

作者系一级作家、第十二届全国少数民族文学创作骏马奖诗歌奖得主

目录
CONTENTS

（按姓氏首字母顺序排序）

/ 安石榴 /

汤显祖的梦

涛声震荡，徐徐而闻
孕育一个诡秘的梦
多年后，汤显祖从仕途中醒转
那场旧梦如潮汐般泛起
漫过飘零半生的书桌

纵然经历再多的波涛
也不过增长了造梦的本领
回乡后的汤显租，思绪恍惚
在足不出户中患上臆想症
沉迷空间、地点和事件的错乱
他老居临川，总觉得身在江南
又忘不了青春期的一场流放
岭南即异境，那些蛮荒的山水草木
犹如狂放不羁的灵魂和笔尖

唯有熟读《诗经》的篇章
方可认出爱情的花园

唯有通过隐秘的梦境
才能走向一个艳遇的凉亭
梦有多少重空间
爱情就有多深入
一个梦闪入另一个梦
手持柳枝的广府书生
梅树下伫立的江南佳人
开始在生死轮回中相爱

爱情可以突破生死的界限
美好需要经历疾病与轮回
因爱而生，梦中具有神鬼之身
最欢喜的结局是借尸还魂
因爱而死，故事落入了俗套
犹如在破灭的理想中梦游
每一个梦中的人物都是自我
在每一个梦醒时分
世界一片漆黑和虚空

人生如戏剧，命运即剧情
晚年的汤显祖，神情黯淡
运用瑰丽的词语和想象
彻底埋葬爱情、青春及理想
他最终留下四个梦
两个是生离死别的爱情
另一个是黄粱一梦
还有一个是南柯一梦

浩瀚

在南方，当我们说起大海
请放下所有丈量的念头
我知道海边有多远
想象不出海面有多广
海近在咫尺，通往无际

当我说出这个词：浩瀚
眼底骤然涌出辽阔和波涛
当我指认海天一色
面前瞬间充满蔚蓝及明亮

这是南部之海，天空下的天空
由时间之远到海域之远
从大海到大洋
海浪时而平静，时而沸腾
一些船只出发，一些船只抵达
我看到了更多的浩瀚
世界的浪潮，涌入时代选中的港湾
古老的灯塔，延续海洋文明的灯火

点评：当代诗人同古典文人或外国作家对话，所见颇多。安石榴《汤显祖的梦》的可贵之处在于，除却纪实的当代和想象的古典，还包裹令阴阳两相通的生死大梦，而临川之梦里嵌套的，又是昔日亲见的岭南草木与戏台虚构的广府书生。如此重重叠叠，纪实与虚构复沓不止，形成无限荡漾又无限收拢的涟漪，使作品在结构上充满韵律感和复调性。《浩瀚》亦与之相似，“丈量”却“无际”，“平静”而“沸腾”，“出发”并“抵达”，错落交织，方能完成南方之海及南方之诗的“浩瀚”之境。（顾星环）

/ 白炳安 /

漏水的容器

在我固执的目光里，西江就是漏水的容器
不时在时间的置换里
装进落日
倒出晨曦
任由鱼儿穿梭来往，直接听命于
一股从西到东的流水
它的深浅取决于
自身的垂直距离
与悬崖峭壁构成直角
连风在悬崖上站片刻，都怕摔到容器去
颤抖地喊出来
它漏出的塔影可作为宋朝的标本
竖回端州的岸上，回眸过去的建筑美学
帆影里的水声，随着船的贴身波浪
在容器中上下翻滚
水去，它不会干涸
水涨，有时荡漾出险情
一条长龙状的容器，遗留在这个世道上

闪着波光
漏出星光
必然也漏出风雨的表情
在湍急的水势里
它无法克制住雨点的箭矢
疲于奔波
却契合一个叫羚羊峡的伏笔，安排浪涌的情节
等待跨省的黄昏
穿过了无痕迹的黄金水道
把一个容器的前世今生
激荡到千里之外，投入海口

天柱岩及其摘星亭

天柱岩是座孤峰
挺拔于星湖之上
别人可以只提及七星岩，不说孤峰的高度
但摘星亭就在孤峰上
跟风起哄的雨是抹不去摘星亭的
那双漆黑之手是遮不住天柱岩的
时光脱去夜色
就能见到摘星亭的容颜
杜撰的污言秽语会令一个词浑身不自在
但泼不脏一根峰一样的傲骨
说摘星亭摘不下星斗
请问，在端州哪一处摘得一颗？
星湖水低，不及天柱岩的腰部
而无语

点评：白炳安的《漏水的容器》和《天柱岩及其摘星亭》皆赖“移情”，即所谓“以人情衡物理”。西江仿佛漏水的容器，将不同时间的景象装入、倒出，悬崖上的风“怕摔到容器去/颤抖地喊出来”，而映出的塔影“竖回端州的岸上，回眸过去的建筑美学”。西江亦“任由鱼儿穿梭来往”、船儿“上下翻滚”，永不干涸，尽管有时表情平和，有时“疲于奔波”。天柱岩及摘星亭则不惧“杜撰的污言秽语”和“跟风起哄”，孤立星湖之上，傲然无语。（顾星环）

/ 包慧怡 /

虹

我早就听说彩虹末端什么也没有
这样也无妨我梳理蓍草
打点细软玻璃，把蜡灯朵朵剪好
射出的子弹反正硝烟寿命最长
上路无非是把巨婴别在太阳穴上

当它落地成猪，我正攀爬海畔阶梯
运算海鸥吞吃脑干的反噬率
那头巨鲸终于厌倦了假扮岛屿的把戏
众少女的头颅诵着大悲咒滚入海渊
萨福是个淫女，你不要觉得可惜

可是旷世的虹突然从海岬背后抽出
懵懂了水天之际最世故的魂灵
猪的错愕，我体内暴走的打点计时器
把黯红刺入深紫并打翻整罐金币
虹在喊疼："你他妈懂不懂光谱——"

内虹比外虹璀璨，康斯太勃从未混淆
杏树怒放的风景；在所有的自杀胜地
还乡的隐士打坐于忘乡的峭壁
猪在崖底沐浴雨在苍空调笑着约期
虹是鲸的倒影，别问它约拿的结局

点评：作为青年诗人、学者、翻译家，包慧怡却以“好古”闻名。多年来，她沉浸于中世纪的文学与图像，这令其诗作在中国当下诗坛具有明显的异质性。《虹》里的绝大多数意象来自中古乃至上古时期的诗歌、美术、宗教，甚而科学领域，已注定会产生“陌生化”效果。不仅如此，作者公开谈论过，中世纪时期对虹的色彩类别和顺序的认知与现代科学迥异，这更使该诗呈现奇谲和令人“错愕”的风景。但是，马尔克斯曾言明一个事实：“我们每前进一步，都会遇到对属于其他文化的读者来说似乎是神奇的事情，而对我们来讲则是每天的现实。”[1]因此，这首诗的“神奇”是对疏离中世纪文化的读者而言；在作者这里，只是每天接触的“现实”而已。

（顾星环）

①加·马尔克斯，傅郁辰．我的作品来源于形象[J]．世界电影，1984（02）：22-29.

深圳

深圳从空中看太像一条鱼了，
一条硕大无朋的鱼。莫非这与
《逍遥游》暗合，正印证了深
圳是由鲲鱼化为鹏鸟的吗？
其实庄子早就预言了鲲鹏的下落
——胡野秋《深圳传》

后海卓越中心肆拾壹楼远眺深圳湾，滨海休闲带一侧是鸥鸟翔集、花团锦簇的红树林和公园，另一侧则被梳理成伶仃洋畔博尔赫斯式天堂图书馆的模

样。“来了就是深圳人，这是我的切身感受。”美国小伙子加里伊丝通过自媒体平台讲述深圳故事；智利车厘子在盛夏匆匆作别蛇口码头，而彼岸香港的霓虹灯突兀地升起超大型咏叹

我不断造访塔吊林立的新生城
市，不管你的身体语言和脸上
是谁的面具，允许想起归途中
那个摹仿成我的少女有敞开的
心扉：在凌晨三点，簕杜鹃依
然记得燕罗湿地公园里的白鹭
在爱人的梦里轻得像一片羽毛

世界赋予我们的裂痕只是活过
的一部分。地王大厦在深南大
道盘桓，每日都向我们靠近一
些。影子打量彼此的容身之处，
脆弱得像一粒饱含汗水的海盐。

点评：深圳是一座犹如鲲鹏展翅的城市，这是不争的事实。但倘若满足于这一论断，布非步便只能跟从前人的隐喻亦步亦趋，而非扶摇直上。幸而她在《深圳》一诗中所凝视的，是漠漠城市里的鲜活生灵："燕罗湿地公园里的白鹭/在爱人的梦里轻得像一片羽毛"，而在广厦间容身的人影像"饱含汗水的海盐"。多情的凝视，赋予密布诗中的隐喻这一经典修辞以独具作者个性的生命力。此外，作者所执拗保持的"豆腐块"式的视觉效果，亦将闻一多之"建筑美"重新激活、熔炼，点化成蓬蓬勃勃的"塔吊林立的新生城市"之剪影。

（顾星环）

/ 蔡天新 /

维多利亚港

她只允许一些小型船只通过
以彰显两岸建筑物的伟岸

中环和上环高楼的数目
大概可以凑足一首短诗的字数

日立和松下接近于水面
菲利浦的广告牌比三星高出两倍

一对有情人尚来不及邂逅
渡轮便快速地抵达了尖沙咀

唯有一颗心悠游于蓝天下
好似驶向太平山巅的缆车

2008年3月8日，香港洲际酒店

谢灵运

公元四三三年春天
花都之名尚未享有
你被流放至岭南
脚下已没了谢公屐

你尝试着获取自由
知府接到皇上口谕
将你斩首街头示众
遗骸至今仍漂落异乡

三百年后的盛唐
李白和杜甫相继入浙
他们匆匆看过西湖
便乘船向始宁而来

梦游天姥吟留别
只为朝圣你的故乡
而千年之后我在广州
寻思为你劫一次法场

2015年12月9日，广州

点评：《维多利亚港》和《谢灵运》，眼前和身后，皆关乎现代与传统。现代性的本质是什么呢？齐格蒙特·鲍曼回答：是“流动”。因此，“一对有情人尚来不及邂逅/渡轮便快速地抵达了尖沙咀”；而今天的大湾区已是全中国的水、陆、空交通枢纽。可是，维多利亚港有一颗心悠游于亘古不变的蓝天下；谢灵运的悲剧则在“千年之后”依旧引发作者的巨大共鸣。古今异乎？古今一乎？跨越文理、转益中外的蔡天新提出开放性的问题。（顾星环）

/ 程学源 /

百年期待（节选）

在这历史的早晨
我们推动日出
让万丈阳光
普照人类的帷帐
我们用尊严的力度
洗净身上的污垢
让美丽的香港
又能闻到母亲庄严的芬芳

这再也不是“东亚病夫”
强壮的身体比得上太阳
清晰的海岸线
一如明朗的天空
风儿过处
都有躁动的梦想
太平山作证
太平洋吹皱的每一纹波浪
我们都极力端详
祖国吹来的每一缕风儿
我们都驻足守望

这海港
这中国的海港
什么时候
被蓝眼睛的洋人
被拼写和讲述鸡肠形文字语言的人
命名为维多利亚
港口的空间
曾飘着浮萍
多少无奈
浮现于人间
可浮萍下的水
依然汹涌
那不息的情怀
依旧对故国唱着眷恋

在九龙和港岛
有一些陌生的脸孔
在他们惶惑的眼神中
我们知道
他们是客人
他们的造访
以炮火作指引
以闪着寒光的刺刀
当作通行证
强行登岸
然后将自己
命名为
主人

蔚蓝色的海
载着人类不灭的期待
在簇拥的浪花里
交锋成银白的纯美
银白得亮丽
亮丽过婴儿的笑声

蓝眼睛与黑眼睛
全是造物主的创造
高贵如神
在茵绿的人类广场
在海蓝的人类空间
亮出的是同一张牌子
上面写着　主人
我们高擎着和平
我们不愿让今天的美好
去重复历史的丑陋
我们不愿让人类的文明
再次沾染野蛮和兽性

中华民族　从分裂的痛苦中
深刻地领悟到聚合的温馨
让香港
在我们广博的胸怀
自由自在地生长

点评：宜于朗诵的诗歌是否一定要采用“楼梯体”“辞赋体”等气势汹汹的形式呢？程学源的《百年期待》（节选）另辟蹊径。该作品以较为灵巧、较富人情味的笔触处理香港回归这一重大历史题材：每一行字数节制，每一段篇幅简洁；并且颜色词丰富，从而使意象明丽不板滞；加之主旨的落脚点在于“聚合的温馨”、全人类的“高贵”和“自由自在”的生长，最终造就言辞爽利、胸怀广博的效果。作者舍弃狭隘的斗士面目，表达向往和平的拳拳之忱。（顾星环）

/ 陈东东 /

小区

扔下电钻，他到阳台上打火抽烟
干涸的游泳池对岸，有人从镜中
现身，朝虚空吐出缭绕的未来

混凝进水泥深处的往昔，在消逝的过去
刚刚被穿透。墙洞另一端，那
时间之豹，依旧在极小的圈中昏眩

那不是慢转的黑胶唱片，不是远古
秋天，一阵晚风盘旋落叶，青铜的月影
随强韧的河流又拐了几道弯

电钻作业时嘶鸣的速度，比绕行地轴的
世事还要快，比擦痛大气的陨星
还要尖利地刺问着宇宙

当他用烟圈
也吐一个未来，模仿自己对面的幽寂
他企图忘记他刚才的管窥——一枚

迎接的漩涡瞳仁，要将他吸入乌有之无限

2015年

澳门

要是谈起源，可否不遗漏玳瑁历险
畅饮玻璃海，还去追玉兔，转过了
好望角……佛郎机人没浪费佛郎机
待新月又升起，勾选的后果阿会是
马六甲？他们乘一艘中国帆船靠向

中国岸，他们乃至沙勿略[①]的利类思[②]
幸许铸炮，因为工作比不断唱赞美
诗更有益处。[③]交趾支那国王曾订货
永历五年，专送来铜料二十又五担

如蚝镜夷目所见，这妈港神名之城
先由前山寨御事，尔后望厦，华厦
被构架。大三巴三浴火意表大牌坊
对面，更升起，意表不再是莠草[④]的
金莲花蔚为蘑菇云：既来大里斯本[⑤]

①沙勿略：亦指方济各•沙勿略（Francis Xavier），耶稣会创始人之一，第一位来华的天主教传教士。
②利类思：Ludovic Bugli，1636年抵澳门，在当时耶稣会会士中被公认为汉语造诣最高深者。
③工作比不断唱赞美诗更有益处：教皇克莱门特十四世（Clement XIV）的告诫。
④莠草：参见《圣经》“马太福音13、24—30”及奥登诗《澳门》（“来自天主教欧洲的一株莠草……”）。
⑤大里斯本（Grand Lisboa）：新葡京赌场酒店，外形如金莲花的澳门地标性建筑。

那就大里斯本，大翻斯本，大出血
本，大洗[1]直到大喜过望，所有，全
押上，包括懊闷痛[2]。上层建筑投下
巨影，黔黑，弊病着，上水下水间

命运语法的生死变位。玻璃海台面
重新摆开，舢板、渡轮和游艇穿梭
骚客玩弄筹码词藻，织锦，兜住浪
他戴起玳瑁框眼镜进场，真能透视
赌局格律密藏的方程式？当他离场

踏舶来的石仔镶拼奇异图案的街道
是否被指引于炮台山下，古庙堂奥
捏进哪吒泥身的本身、变身及化身
是否托身而脱身？漫向太虚寻故我[3]

2019年

点评：陈东东的诗，向来不乏语言实验的趣味、超现实主义的影子，但亦不偏废基于现实的省思和带有刺痛的暗示。前者与后者交融一体、彼此成就。当吴语共粤语、上海话和澳门话对撞又相谐时，拼贴出的是一位江南倦客在岭南新城寄身时的斑驳印象。这印象里有"昏眩"，"昏眩"里有"幽寂"，"幽寂"里又有企图"透视"的清醒。游戏辞藻、穿身韵律，实际上皆是摆弄命运筹码。然而，命途如此难解：《小区》里的"他"迷坠于镜像，终被"吸入乌有之无限"；《澳门》里则问号连绵，到底"漫向太虚寻故我"。真正优秀的诗人，大多敬畏判断、不屑定义。惶惑，以及溯源新的惶惑，恰为真理之根本。（顾星环）

①大洗：粤语及澳门话，大肆花销、挥霍金钱的意思。
②懊闷痛：上海话，形容某人干了傻事而又不能张扬，吃哑巴亏之状，亦作"澳门痛"。
③漫向太虚寻故我：引澳门大三巴哪吒庙前对联——"何者是前身漫向太虚寻故我；吾神原直道敢生多事惑斯民"。

/ 陈会玲 /

抵达大海的远处

关于大海，他谈论得太多
所说的部分，我兴味正浓
未说的部分，我无法探询
一张照片藏匿了过去和未来
他对过去默言，对未来慎言
“时光流逝，我从未年轻”

红霞燃烧，轮船驶进港口
冷峻的水手正在归来
“我从未厌倦过大海
但再也不能抵达它的远处”
他爱上陆地的生活
在不平静的世界保持镜面的平静

夜空下，他站立在沙滩上的身影
远远地朝着大海倾斜

点评：抒情性之于诗歌，究竟是本质所在抑或偶然相契？中西诗坛讨论者众多，至今争鸣不已。但可见的风潮是，近年来抒情式的写法在国内渐趋衰落。陈会玲的《抵达大海的远处》偏偏饱蘸情绪，并显露畅达与对称之美。但其中，兀立于传统书写的形象，是那个身在沙滩却将影子遥遥倾斜向大海的主体。适应陆地生活，可依然怀揣冷峻的水手之梦，正是当代人的普遍写照。这使得整首诗在情绪的相片上稍稍筑起立体的智性和里尔克所推崇的“经验”。（顾星环）

/ 陈淑菲 /

我和你

我有我的出生证明，我有我的名——
在一幅雄鸡地图的色彩里。只要一个
摄氏度的光，你就能投射我：
我有我的北回归线，你有你的紫荆花。

我们相拥吧，让夕阳如往常。
肌肤贴着发梢，在天字码头中
一浪一浪，闪耀东方明珠。
交汇，呼吸，交汇。
1978
是我们相遇的密码，是妈祖庙写下的福祉。
在你我生命的图标处，构建一个
纵横的渔网，那是婴孩的住址。

一趟火车，开了多少个五千年，
我是说着粤方言的
你，在另一种语言里下车。
我们怎么不合适，
南海带鱼也待我们以最高赞礼。

旧时光里的小渔村晃呀晃，
那是我的时光剪影。年轮一圈圈，
出发，未来，出发
我活在形形色色的眼角笑意里
存于新年钟声敲响的幸福符号中。

点评：穆时英的小说《CRAVEN“A”》是以地理喻人，闻一多的组诗《七子之歌》是以人喻地理。陈淑菲的《我和你》近乎后者，但并不落脚于祖国与地方的母子关系，而是着眼于两个区域的对等交流，因此平添几分青年气质。不仅如此，作品里始终荡漾着徘徊往复的音乐性，恰如海浪之起伏不休。这两个优点冲淡、中和了该诗陈言未去的弊端，使得这“幸福符号”到底能够涂抹上作者的个性色彩。（顾星环）

/ 陈亚冰 /

夜风

风拉着三楼的门窗，撞击
像一只戾气的妖兽
在寻找它可以安静的爆破
安静的补偿
暂时是全部的所在

——这是饥渴的眼前之义
更多的人，和兽
被困于夜色之中
因为黑夜的安全，因为
黑夜的不安全
一切归于眼前可见的焦虑安抚

台风在远方大洋中打转
接连天云，更深地打入混沌中
清晰，反而造祸
譬如雷电的战抖，电光的暴击
天地间，人兽在风箱中乱窜

鸟群找到窝，在树洞，土坑
兽遁入山洞
人，发明了房子，建造得愈发坚固
从内里，发明了文化，神话传说
文学，宗教，并获取力量
也自信，卸掉了敬畏之基

当夜风摇撼大地，在楼屋外
呼啸着诡异的声音
人类还会去倾听这些最初的警示吗
我们会愿意重启最初的倾听
虔诚地回到那张网上
获得安宁？像婴儿在母体中

2020年10月12日

点评：楼屋外的风、大洋上的风、混沌中的风，以及困于大风、又在风里乱窜的人与兽——这是由近及远、又经由整体而通往个体的空间。风掠过鸟兽草木，吹起人间烟火与人类文明，再呼啸着回返最原始的倾听——这是时间的浩荡与盘旋。詹明信认为，现代主义文学是“关于时间的新的历史经验”，而后现代主义文学是“空间本身的问题”。[①]这是理论家的信条。对于诗人而言，时空并重的作品才可能更有深意和层次感。陈亚冰的《夜风》正具有这双重视角和结构，甚至因此弥补了细节欠打磨之缺陷。（顾星环）

①詹明信．晚期资本主义的文化逻辑[M]．陈清侨，严锋，等译．北京：生活•读书•新知三联书店，2013：244.

/ 陈寅 /

列夫·托尔斯泰

俄罗斯古老的风暴一直降临
那里的农舍、田园和花朵
使我缅怀春天
而他语言中全部的光辉
引导我瞭望他一生构筑的风景
但你在我的心中
列夫·托尔斯泰

但我无法比你更老
更像一个孩子
无法比你更先到达

浩大的风雪中，他的肉体
一直燃烧，成为诗歌中的火焰
那些苦难的果实或种子
唱出圣徒灰白胡子里的声音
他虔诚地端坐在宽大的木椅上
紧握一枚羽毛的姿态
也同样怀着老人的激情

毋宁说，我们每天的劳作
可以迎接收获的田畴和空洞的荣誉
可以忘记他这个永远生长延伸的名字
他年迈的信念我必须学习

他酷爱的和他憎恨的
一种是对幸福的关怀，另一种
是那些对圣洁美丽的玷污
而今天，我们的花瓣、葡萄
我们的面颊，甚至灵魂
仍然沾有邪恶的灰尘

而他已经到达我们这里
这命定的途径，像一个农夫走在田埂
他还要拿出最后的粮食
供全家人享用
让我们祷告，乡村金黄的玉米粒年年堆满庭院
在最后的一个冬夜点燃炉火
讲述灯光
讲述黑夜风暴的真义
他苍老的心灵还在抚摸
一个爱的国度、生灵和脚下的大地

他说过，要建造这样的房舍
要承认福祉像星辰一样闪耀
就像我在乡下，在那个寂静的早晨
一个年迈的农夫肩挑砖瓦
手拉着他孙子的小手
默默地朝我走来

点评：陈寅的《列夫·托尔斯泰》以人称转换为主要契机，建构起一场盛大的交响乐。在引子阶段，“风暴”降临，为作品奠定基调，而“我缅怀春天”，并经由“他语言中全部的光辉”，将列夫·托尔斯泰导入。第一乐章是“你”和“我”亲密交流，且“我”通过内省和灵视急速扩张“你”的无限可能。第二乐章的视角推远，节奏放缓，“风雪”愈加“浩大”，“他”因与“我们”对比更显崇高，携带强烈宗教气息的词扑面而来。第三乐章，“他”走下神坛，“到达我们这里”，却依然是无私的“农夫”，“在最后的一个冬夜”供养“我们”，与上一部分既有差别亦有延续。第四乐章再现引子中的“他”与“我”之关系，并最终使二者合体。（顾星环）

/ 池凌云 /

红树林

在滩涂中生长的红树林，
带有毒性的海芒果吊在枝杈上，
像一个个只有吹孔
却没有音孔的埙。

这让风声转调的乐器
呜呜地向天空吹奏，
让树林深处的精灵们
晶莹剔透的身体变得炽热。

被海水周期性淹没的红树林
风的声音厚重而低沉，
而白头的苦恶鸟的歌声
都有拖得长长的
让人久久无法忘记的尾音。

2017年1月2日

在香炉湾

在香炉湾，数百艘帆船驭着浪头，
它们像一个个解放者，
拓宽着观望者的视线。

从波浪到喷泉，从遥远的
永不枯竭的涌起中，
露出白海豚闪亮的腹部。

浅蓝色十月的小白马，
如果此时下起大雨
也不会停下来。它们正通过
一个两面都是暗流的梦。

在一个澄澈天空的匣子里，
在天空与大海之间，
一些东西不会死去。它们住在
波浪和金黄的书页中，
在一片片鼓起的三角帆里，

以海角里跃出的风，教导我们
降低浑身摆动的小彩旗。
即使最严重的时刻，也要学会
安静地降落。

2016年12月28日

点评：这两首作品选自池凌云以珠海为主题的组诗《从沙中伸出的缆绳》。该组诗可谓集“色声香味触法”于一身，调动多感官以使诗作兼具强烈的画面感、音乐性和冷暖度。《红树林》突出听觉，其他感官借由听觉变得更加敏锐，如海芒果的形象是“一个个只有吹孔/却没有音孔的埙”，它们因能令“风声转调”，而“让树林深处的精灵们/晶莹剔透的身体变得炽热”。《在香炉湾》着重画面，色彩明丽、动静相宜，进而可带动字面之后的海韵滔滔，最终指向的是“即使最严重的时刻，也要学会/安静地降落”之“法”。（顾星环）

/ 邓醒群 /

春风，吹过东江郭屋的高铁大桥

去冬约定，来年相见
今天，你没有在现场

端详手中的照片，你当日
在桥上焊接钢筋的专注

我按下快门，把你的眼神
身影、光及风，定格在图片中

又是一个春天，东江水静静地流淌
一座桥的诞生，天堑变通途。多少人

付出了汗水，心血。苍天在上，东江在下
你在天地中间架起通往天南地北的桥，赣深

不再遥远。春风，吹过东江郭屋的高铁大桥
一列高铁，即将驶向南海之滨……

点评：建设的成就越辉煌，便越与每一个体的辛劳付出息息相关。邓醒群的《春风，吹过东江郭屋的高铁大桥》描述一次崭新的“天堑变通途”。“苍天在上，东江在下”，大桥于中连接赣深，而其成功的基石是每一个“你”“当日/在桥上焊接钢筋的专注”，“你”每一帧的“眼神”和“身影”皆为心血的表征。没有“你”所熬过的严冬，便没有这场浩荡的春风。

（顾星环）

/ 杜绿绿 /

诗人

我们走了几条街，一无所获
消防水管冲洗过的地面
是已发生事件的镜像。

前天我们从南方，到达边陲之地
看一位朋友。
他把智识藏进土坑，
与不识字的人作伴。
过去的三个季节，
我们收到他两封简短来信。
“吃吧，喝吧，
我们能养活的牛羊不多了——”

他是好运过度的年轻人，
出生在城市，
强大的胃口，让他长成巨人模样。
金杖向他伸出，
高等教育使他
理当是一个实用的人，
“生活细节的精确性，
常激起鳄鱼般的残忍——”

可他有朴素的爱好，
在香烟盒、书上，写下纯洁的诗句。
他与我们彻夜讨论，
“隐蔽的技艺，恢复得局促
目前，仍是什么也找不到——”

谈到深夜，
四周景色变得
模糊又清晰，我们坐上他的肩头
出城看溪水环绕的乡下。
“年内或许会实现”，
他从冰冷的水里，抓出几条黑鱼
放在火上翻烤。

我们吞着这些鱼，毫不在意
鱼刺刮破了喉咙，
“需要说出的句子，
早被消化在曲折肠道——”
他对我们，
两个终年失语的人
十分爱恋，
但这晚剩下的时间里
他没有再说话。

"微妙的瞬间之后，
——晨光来了"。
我们在湍急的水声中，
醒来。
水面被光线净化，
诱人失神。
他早不知去向——

"你们应该来这里，治疗失语症
我已经有了变化，
认为城市更安全只是个幻觉——"

我们迟迟未动身，
直到他断绝联系几个月后，
才来到这座
黄沙扑面的城，
遍寻每日洗去痕迹的大街。

垂死者到处都是，
哪个也不是他。

点评：将叙事性注入诗歌，是近年来许多中国诗人心向往之的手艺。杜绿绿的《诗人》特别之处在于，其中所呈现的叙事性，与其说是摹写现实，刻镂日常，毋宁说是亦真亦幻的神交与神往，"是已发生事件的镜像"，或已"不知去向"的"痕迹"。此乃诗人引领读者对生活既"入乎其内"更"出乎其外"之结果。虔诚且冲动地投身，又冷静而灵巧地跳脱，再转身并幽幽地窥探。诗中诸多引号所囊括的部分，或为引用，或为对谈，或为独语，其间更有沉默的罅隙，尾声则是志怪故事般的怅然若失。它们与多元、多变的视角一道，合力编织出繁花似锦的复调性叙事，进而使作品拥有更高境界的诗意。（顾星环）

/ 方舟 /

我向往临界的事物

我向往临界态存在的事物
譬如太阳的地表，冰川的吃水线
一颗子弹出膛前的刹那
一壶煮着的水倏地抵达沸点

我向往临界中诞生的事物
一个在黑暗中穿行的人
拥抱了黎明
一个犹豫着和世界会面的
婴儿，听见了自己的哭声

但我拒绝被割裂的美
譬如祖国的母语，被另一种
傲慢的符号强行肢解
一块完整的土地被殖民
被栽入界碑。故乡的风与月
却读出了旷世的离恨与乡愁

就像现在，我站在中英街的界碑前
成为一种被篡改的临界物
一截是疼痛的记忆，完成了修复
一截是历史的脉络，还站在原处
一清二楚

2014年6月16日

在淇澳岛白石街

在淇澳岛白石街，我想象一种生活
大海围住故乡，我成为原住民
耕田打鱼出海，守着日出日落
偶尔邀请季风清洗村史和会唱歌的树
于次日中午的祈祷声里翻身站起

在淇澳岛白石街，我常常会收回
伸进伶仃洋的衣角和船只
让她装满盐水海货和流亡者的诗句
然后在白石街的矮房子前
晒着咸咸的太阳并尝试沉默的念白

在淇澳岛白石街，我也会缉私或远征
参加火热的运动。把故居留给后来者
瞻仰。如果他们发现了那堵蚝墙
他们会伫足流连，理解最柔软的心房
都裹着一层行走的石壳

在淇澳岛白石街，我发现广场古炮台
光滑而清冷。抗英群雕里的渔民
身着布衣，重新又走在白石街上
向我们解释大海已进入休渔期
海产价格略有上涨

2018年5月16日

点评：方舟的两首诗细品转换与变更的滋味。《我向往临界的事物》先陈述一般“临界态”的转变之美；随后斩截地“拒绝被割裂的”临界，即因侵略、殖民造成的国族分崩、家人离恨。而“现在，我站在中英街的界碑前”，“疼痛的记忆，完成了修复”，伤口已然愈合；可是“历史的脉络，还站在远处”，伤疤“一清二楚”，成为后世教训。《在淇澳岛白石街》诠释战争与和平的转变。白石街是淇澳人于1833年用英国战败赔款修建的。如今，“广场古炮台/光滑而清冷”，“群雕里的渔民”又重新“走在白石街上”，享受或宁静或火热的日子。两首作品所涉历史一辱一荣，但主题异曲同工。（顾星环）

/ 飞廉 /

广州旧宅

在我晚年的梦里，
盘踞着一座阴郁的宅第。
它源于一个读书人
对《礼记》的迷信。

百日维新，主人写诗
押了险韵，被理想
抄了家。
民国三年，一阵南风，
擦亮了门环，
雨水带来一场华宴。

清晨，从野史醒来，
透过庭树、窗棂，
阳光蜷到神龛里，
化为一条青蛇。
晌午刚过，正史的
黄昏，已悄然
来临，霉气氤氲。

古槐鸣秋，麻雀噪晴，
蜘蛛从容织网，
壁虎悠然巡行，
月梁上，燕子来去，
废井边，野花诡谲。

在我晚年的梦里，
明月堕烟，白露凝霜，
家鼠上堂争斗，
蝙蝠清扫琴上的浮萍。

珠江秋夜

深夜，风微寒，草虫乱鸣，
晚潮过，江水深静，铺着一大篇西汉文章，

江边的小洲，停泊几只小船，淡而孤绝，
对岸，鱼鳞似的灯火……

十九年，快似挥刀斫怒雷，
十九年，薇蕨老而苦涩，在南方，我穿坏了

几双鞋……露水湿木星，江底螺蛳吞大象，
江水帮我安度危险的中年。

点评：飞廉所迷恋的，不是历史本身，而是历史幻化的气息，是审美层面的古意，是语言与意象共同织就的“旧”。在他的诗里，颓废和陈腐已变为褒义，它们既弥漫于南风中的朝暮与山川，亦托起诗人后半生的平安与宁静。诗人甚而虚弱地沉溺其中，身心舒展尚嫌不足，直至灵与肉共同寂灭方感尽兴。即便一切历史情节俱被忘却，但只要捕捉住历史所筛下的风物及其影子，便可重获新的呼吸。这也许不够深刻，却具有在当代诗人中少见的敢于独树一帜的美学自信。《广州旧宅》和《珠江秋夜》展现了诗人这种化旧为新、化腐朽为神奇的能力与魅力。

（顾星环）

/ 扶桑 /

海之情歌

我仍然记得
那天早晨
大海浅淡的灰绿色
像野猫的眼
那么清冷、寂寥。月亮
飘得很高
仿佛一枚被遗忘的纸鸢

我仍然记得

我曾经有一个身体
我曾经有一颗心
在那天早晨
我曾是你的恋人
哦，空无一人的大海

点评：威廉·华兹华斯《抒情歌谣集》1800年版《序言》有云："一切好诗都是强烈情感的自然流露。"随之又道："这个说法虽然是正确的，可是凡有价值的诗，不论题材如何不同，都是由于作者具有非常的感受性，而且又深思了很久"，"起源于在平静中回忆起来的情感"。[①]扶桑的《海之情歌》正是如此。"曾经"与"遗忘"仿佛道路两边，在其间徘徊不已的是"仍然记得"。作者反复强调"仍然记得"，第二遍说时，令它所在的诗行单成一节，掷地有声。"曾经"的恋情为"遗忘"所冲淡的只是彼时色泽之鲜艳；而即便大海空无一人，即便连"你"亦走失、消散，"我""仍然记得"那天早晨的一切。（顾星环）

①威廉·华兹华斯.《抒情歌谣集》序言［M］//刘若端. 十九世纪英国诗人论诗. 北京：人民文学出版社，1984：3-27. 原书将华兹华斯译作"渥兹渥斯".

/ 郭杰广 /

青云村遇雨

再下绵柔一点就有味道了
先生传说，在青石上发芽
细雨均有出处，众多抬头的水
随一片白描树叶飘向远方

春雨古典，无声地密集
像一场突如其来的影画戏
节孝的牌坊，年迈体弱
扶着时间，一站已好多年
迟迟未归的书生
躲在老旧的朝代里痛哭

清末民初。有人，手搭凉棚
翻炒李九相公的“神诞”典故
村头古庙，香火缭绕
一些事物，随风若现若隐

明朝还在错漏的志书上，阴雨连绵
梁真先生与何氏兄弟
围坐一席佳话，秉烛夜谈
一阵春风，醉倒渡口
古道走过多少泥泞的读书声

看粤剧

粤剧里的汾阳王
是我出窍的灵魂。花旦，丑角……
地堂唱戏，是谁抹黑了月光的脸
是谁唱一出贺寿。导演“安史之乱”
战火，从唐朝的前台，烧至幕后
郭子仪横刀立马，率骑兵
杀入历史深渊。挑落几个无情
无义的奸臣或者小人……
此时，李白还在杯中寻找诗眼
杜甫的茅屋，正被秋风所破……
此刻，真想提一把月光上阵
给杨国忠一刀，给李林甫一刀
给武则天一刀，给自己一刀……
灯光转暗
中唐响起悲悲戚戚的哭闹声
盖过了郭家村的掌声
一队兵马，嘚嘚嘚……入耳
赫然传回了人世，经久不息

点评：历史的深渊里究竟有什么呢？自然是见仁见智。在郭杰广眼中，读书人的形象总是特具光彩。《青云村遇雨》里，“细雨均有出处”，书生“迟迟未归”，翻炒典故，勘误志书，只为引出佛山私塾先生梁真及其弟子何氏兄弟的一席佳话；《看粤剧》里，尽管战火从台前烧至幕后，李白和杜甫依然专注于寻找各自的诗眼。作者在商却言文，对读书人的尊崇和向往跃然纸上。只要文学情结一息尚存，甚至愈燃愈烈，便不愁今后在创作方面更上层楼。（顾星环）

/ 郭金牛 /

许·宝安区

前进一路
绿袖招兮，绿袖飘兮
画上走下来的女子
农历上，没有溅起一小点灰尘
立春多么干净。

当街，一支姓许的藕
莲步轻移。比春风稍胖
修长的小腿
被清水养育得多么白净
恰似一段春光，乍泄。

时间：二〇一一年
地点：宝安区
事件：姓郭的人，混在玉兰街
跨前一步
搂住一支藕：一位水中长大的
莲花

藕断了，我吃了一惊
站立不稳
河水乘机倒流了十七年
锦书摇了摇
山盟摇了摇
宝安区也摇了摇。

我虚构过的莲花
荷叶
藕
她们，都姓许。

点评：郭金牛的《许·宝安区》不自觉地运用电影叙事中的“节略法”(racconrci)。从“农历上”走下来的女子，“没有溅起一小点灰尘”，好像一支家乡的藕，“被清水养育得多么白净”。但是，当“我”在都市的大街上搂住她，“藕断了”，镜头突然变得恍惚不定：“我吃了一惊/站立不稳/河水乘机倒流了十七年/锦书摇了摇/山盟摇了摇/宝安区也摇了摇”。时过境迁，爱恋已逝，刻骨铭心的蜃景瞬间被无情现实击碎。然而，跳出影像，扪心自问，“她”的姓氏依旧难忘，或许“我”生命中的一切将冠以这枚最“干净”的汉字。

（顾星环）

/ 何晓坤 /

在金沙酒店阳台上

临海的阳台很大，适合观潮
也可以听涛。视线之内
人造景观多了一些，所有的建筑
都建在了沙滩上。而我
显然不是在沙子中喊魂的人
每当夜色降临，我就成了
这个世界的分水岭，左边是人间灯火
右边，是无边际的黑暗
菩萨在黑暗深处。我在中间
像远处的南山一样，早已习惯
在虚拟的睡眠中，聆听人世
诵经的声音

大海从未平静过

我没有在沙滩上站立的勇气
当潮水涌上滩头，支撑我的沙粒
会成片的坍塌。这让我怀疑
脚下的大地，一直试图
与我割裂。我并非害怕
在蜃楼般的美景中轰然落陷
有一年在海边，我亲眼见证了
浪花带走生命，是何等的简单和悲伤
所有美的后面，都藏了那么多的
难言之隐。事实上
大海从未平静过，她独自吞下
苦涩与不堪，在礁石与沙岸
留下预言。我们对她的赞美与爱
却如此的刻意与矫情。面对大海
我只有这样的感受：任何残缺的事物
都有完美的存在。或者说
任何完美的存在，都有你不懂的
苦涩与不堪

点评：《在金沙酒店阳台上》和《大海从未平静过》两首诗中的何晓坤，恰如一位跨界而立者：左边是人间灯火，右边有无边黑暗中的菩萨，而“我在中间”，好像“这个世界的分水岭”，“聆听人世/诵经的声音”；“面对大海/我只有这样的感受：任何残缺的事物/都有完美的存在。或者说/任何完美的存在，都有你不懂的/苦涩与不堪”。这种姿态被诗人自我接纳，却难以垒筑起安全感：“这让我怀疑/脚下的大地，一直试图/与我割裂。”更何况，脚下时常不是大地，只是摇摇欲陷的沙滩。因此说到底，诗人在以语言保持平衡的同时，潜意识早已倾斜——其所感知更深刻的，显然是人间的蜃景、“苦涩与不堪”。（顾星环）

/ 何永飞 /

渔村

一湖蓝，太阳和月亮的宫殿
渔舟，停在时光的交界处
传说总是那么鲜活，一句情歌
让石头泪流满面，让心无法挣脱

村子，大地捕捞的一条鱼，不食
养在胸口，喂给它晴朗和喜悦
也喂给它狂风暴雨和失眠之夜
更多时候，它处于自由自在的状态

魂儿丢失在尘世的人，来到渔村
几分熟悉，几分亲切，任何院落
推门而入，都感觉如漏网之鱼
又回到一片清波荡漾的水域

点评：亚里士多德盛赞隐喻的创新："所谓新奇的词，指借用词、隐喻词、延伸词，以及其他不为人们所熟悉的词"，"掌握隐喻词的用法尤其重要，可以说这是伟大天才的标志"。[①]何永飞的《渔村》平淡铺陈在前，而以结末之"新奇"收束。"魂儿丢失在尘世的人"一入渔村，便只觉"如漏网之鱼/又回到一片清波荡漾的水域"。诚然，诸如"池鱼思故渊"的诗句古来有之，但"漏网之鱼"加重了茫茫尘世的险恶之象和侥幸逃脱的窃喜之情；同时，其略带得意的语调与该词原本的贬义构成反讽。如此一来，便不仅是化古，更是创新。

（顾星环）

①亚里士多德．诗学[M]//亚里士多德，贺拉斯．诗学·诗艺．郝久新，译．北京：中国社会科学出版社，2009：62+66.

/ 贺绫声 /

让诗人走在前面

她确实美丽过，又悲哀过
形象超越了诗人塑造的光芒。
在大三巴牌坊前，除了怀念
并没有佩索亚的行踪
黄昏城市，好像叫M城
飞落了百只哀荣鸽子
我知道，莲花升起的镜子下
有浪在变化，有
海永恒象征。

我成不了诗人了：阿贺，悲愤的读者。
在M城里，葡萄牙语倦于用形容词来
描述过去。有关
葡萄牙的事，我略有所闻
至于邻居风俗习惯
我甚像个刚刚到来的异国旅客
正努力摄影着古老楼宇间的喧嚣

请问贾梅士在哪里
陶里在哪里
苇鸣在哪里
让诗人走在前面，
我听到导游朗读着一行行诗
夜，沉静地潜入了板樟堂的人群中
这一天，又失去了去向

点评：“常”与“变”，是美学和史学均不懈追索的主题。澳门自身的美丽与哀愁是“常”，被塑造出的万种风情为“变”；而倘若择选这城市的黄昏，鸽子如浪一般起落变化，“我”所满怀的“悲愤”似海永恒。为何会“悲愤”呢？因无论耳闻葡萄牙语抑或目睹传统风俗，“我”都好像陌生汉和局外人。所以，“我成不了诗人”，只能做“悲愤的读者”——前者在多元文化间游刃有余，后者则笨拙而孤独。但是，诗人果真只具有多变性吗？葡萄牙的佩索亚[①]令人永世难忘，中国的陶里、苇鸣亦执拗地走在无数旅人的最前方，即使时间已“失去了去向”。诗和诗人，因此同时拥有“常”与“变”之特质，成为作者可望而不可即的信仰。 （顾星环）

①中国内地一般译作“佩索阿”。

/ 胡桑 /

物的时代

风有些陈旧，动人的一片秋声
上传着一个夜晚，裹紧微湿的乡愁。
许多有限的身体错落站立，男男女女
彼此认同，在令人起敬的降温里。
一个转码的海起伏着，失去了码头。
月在朋友圈升起，在滤镜里呼吸。
故乡任凭被复制，亲人乐于被粘贴，
在同一个沙滩上，空气编织着统一的节日。
那个女人穿着复古英伦裙，逗留在抖音里，
戴着医用口罩，笑容被远在天涯的手点击，
腰肢犹如芍药，安装了司空见惯的妖娆。
整个海收集着圆满，仿佛从未见过病毒，
月光下，我们的内存无限，想去爱
每一个爱过的人，原谅每一段误解与离别。
沙子直播成静谧的雪，背后是一个无限的亚洲，
听得见那么多人内心传输着温暖的液体。

点评：胡桑的《物的时代》写机械复制时代的艺术，乃至消费时代的景观。本雅明所说的“灵韵”（aura）在其中散逸殆尽，但并未走向彻底的虚无。“夜晚”“故乡”“亲人”为科技程式所规训，“月”“海”“沙子”为信息过滤所矫饰，“节日”“女人”“爱”为大众传媒所辖制。然而，在由尖利硌人的符码所组成的人世间，依然存活着许多形态各异的孔隙，得以容留“有些陈旧”的风、“动人的一片秋声”、“微湿的乡愁”，以及内心“温暖的液体”。这种杂色超越单一批判而呈现生活的真实；同时，亦展露诗人在厌世表情之外的柔容。

（顾星环）

/ 胡弦 /

西樵山

如果，你要活下去。
你敲打石头将得到两样东西：火，
和斧子。

然后，我们才能谈谈艺术。
石头里的火星会告诉你：死者体内
只有火能再生，
并给所有的艺术领来岩浆，

又触手冰冷。
我掌中，这充满了气泡的小石头，
能察觉到已经结束的东西。
而巨大的石头，被切割，雕琢，在所谓
成熟的风格或曲线中，
保持生硬。

如果你从火中来，
你也必将知道，活，陈旧而平庸。
爱是一次死亡：喷发，
一个心碎的过程。分散、冷却的灵里，
留有你对世界的同情。

作为一个整体，火会死去，但石块
会一直醒着。
火星，成了被忘却的艺术的天赋。
宗教，用来吸收冲动和震颤的装置。
飞鸟变黑了，藤蔓和水纹都在挣扎，
你住在幽暗的房子里。
——你不会逝去，包括从前那大地的伤悲。

博物馆、书院、古村落、寺庙……
讲解轻声细语，但真正的教诲
会让一座山从内部重新燃烧：只有
少数觉者能绝处逢生。
——那最初的火，犹如孩童，在我们
每个人心底里喃喃自语……
有时我闭上眼，感觉
自己像个在门外偷听的人。

如果我们从火中来，
我们必将在寒冷的梦中睡去，
而火就是黎明。
疼痛，和这世界一样古老。

火焰曾编织天空。思索，
若过于漫长则会充满灰烬。
只有道观的浮雕上这不知名的仙人，
用飘飘衣袂摆脱了沉重。
一个看似不真实的族群，替我们
把对绝望的反抗完成。

点评：鲁迅在《野草》里沉吟："绝望之为虚妄，正与希望相同。"这成为鲁迅精神的复杂面相和关键特质之一。胡弦的《西樵山》尝试与鲁迅的沉吟联结。同鲁迅精神相异的是，该诗有绝对之"绝望"："生硬"的巨石、"寒冷的梦"、"陈旧而平庸"的"活"，这使得反抗更为笃定，也较为轻易；同鲁迅精神相似的是，"火"虽被置于"绝望"的对立面，却绝非不耐咀嚼之"希望"：它"领来岩浆/又触手冰冷"，它在"喷发"的同时"心碎"，它"成了被忘却的艺术的天赋"，它"犹如孩童"让成人"在门外偷听"，它"编织天空"但不可"过于漫长"……"火"是觉醒亦是疼痛，终逃不脱"虚妄"，最后反抗"绝望"的依然只有浮雕上"不知名的仙人"。（顾星环）

/ 华海 /

莞香

是从水里沉下去的沉
沉浮的沉，也是岁月沉静的沉

是光阴无法掩没的伤，一棵树的伤
也是旷野的伤，现在都被记忆的火点燃

第一炷香，忆起枝和叶的青葱
你还是原来的样子，春水还是水的样子

第二炷香，把你的伤点燃，是一个怀玉人的伤
一个帽子佩戴兰花人的伤，也是一缕欲罢不能的香

你终于在悠悠沉浮的气息中升腾
幻化，仿佛从伤口绽放奇异的花

第三炷香，你开始在这片大地上缓缓飘过
目光在雷击、斧斫的伤痕中停留

也在虫蚁啮咬的伤痕中停留，你回到
白木香树默默涌流、凝固的油膏里

哦，今夜，在东莞，你在另一种幽香里
熟结沉静下来，想起诗歌，或者君子

在顺德，我关注一条河流

还是工业时代的背景
规整的楼宇，淡淡的雾霭
在照片里呈现为并不理想的透明度
对于一个拍摄者
无论怎样变换角度，甚至把横拍变成竖拍
也无法改变光照的效果
而决定一张照片的关键因素
不是技术，也不是人的想法和一双娴熟的手
人类的建筑和吊车
以锐利的触角矗立在大工地上
似乎它可以轻而易举地改写一幅画面
把一条河流涂改成不规则图形
甚至像一块用剩的边角布料
这是一个雄性凸起的意象，钢铁雕塑的欲念
然而对于一条河流，它们是主角
是荷尔蒙般的狂野无礼
一幅图片，只能显影和留存
在不动声色的背后，谁都会离去
这些像积木一样的物体，被任性地搭建
而没有人一直留在那里，他们和我一样，只是路过，留下
的是工地和一条河流

点评：生态主题已成为华海近年来的诗写情结。《莞香》正面立论，致敬自然馈赠，亦以万物有灵的态度与植物共情；《在顺德，我关注一条河流》反面批判，谴责工业破坏，亦对日益消逝的天然之美心怀悲悯。相应的，前者的视角灵动、多变，悠悠下沉而后升腾，又“缓缓飘过”并“停留”，最终再度下沉，于沉浮间静置岁月；后者则“无论怎样变换角度”，也无法摆脱大工地固态化的蛮横和侵略性。只是，工业与生态的关系繁复、多解，二元对立式的思维难免简单化之嫌——这是大多数主旋律写作必须警惕的问题。　（顾星环）

/ 黄灿然 /

城市之神

我时时感到城市之神，在盛夏
最强烈的阳光里，最浓密的云团里，
最迅猛的暴雨里，在电风扇的嗡嗡声里，
在街灯柱油漆剥落的铁色里，
在路边石缝一撮撮小草的浅绿里，
他醒着，提醒着，我时时感到
他的心灵，他的注视，他的呼吸
出入我的身体，刺激我，平静我，
搅动我，抚慰我，在我视野里闪烁，
在我脚步里轻踩，在我天空里俯望，
在我孤独又完全没有孤独感的存在里存在，
在我长久沉默中，百无聊赖中，兴奋莫名中，
我感到他就是我，正透过我的心灵
感受这广大的世界，透过我的目光
注视他自己的形象。此刻，当我站在街头，
我看见城市之神朝我疾驰而来，这一回
他是一个衣服洁净皮肤洁净的扎着马尾辫的中年汉，
骑着自行车，车前车后系满物品，
当他经过我近旁的垃圾箱，他刹车
伸出一只脚搭住箱口，俯身往里面望，
他没捡到什么，便飞也似地离去，
像照了照镜子，便飞也似地消失。

东莞火车站

东莞火车站吸烟区，设在
一个约五十平方的天井里，
或院子里，因为那里还长着
七八棵高高的棕榈树，或椰子树。
如果我是这里的常客，
我进来，可能就不仅是为了抽烟，
而且还为了透透气
或看看这几棵棕榈树或椰子树，
尤其是，棕榈树或椰子树啊，
你们已经这么高了，还要长多久
才能升出这几层楼高的天井。

点评：本雅明描摹现代城市中的漫游者：他们或视街道为居所，安然自得；或隐匿人群，体味“稠人广众中的孤独”；或沉湎幻想，“相互盯视却彼此一言不发”。[①]城市是避难所，令人感到忧郁而自由。在黄灿然的《城市之神》和《东莞火车站》中，城市与人的关系更为紧密，却较为紧张。一方面，城市直接与“我”融为一体，“透过我的心灵/感受这广大的世界，透过我的目光/注视他自己的形象”；亦窥探“我近旁的垃圾箱”以寻求镜像。另一方面，城市是高高在上的“神”，它向“我”注射跌宕起伏的情绪，之所以能出入“我”的身体亦因这种神性主动；而“我”需要借助植物“透透气”。诗作虽然削弱了现代性，但是真实反映了人在社会转型时期的切肤感受。（顾星环）

①瓦尔特·本雅明. 发达资本主义时代的抒情诗人：论波德莱尔[M]. 张旭东，魏文生，译. 北京：生活·读书·新知三联书店，2007.

/ 黄金明 /

素描本上的小公园

山锥被削平，空出大块椭圆之地，铺水泥
涂油漆，大面积油绿，犹如小学生手绘的草坪
仍有高大乔木，木棉花谢，芒果结实
橄榄树和荔枝树，在伞状树冠之中
涌出细小的果子。他常在黄昏练太极
动作缓慢得犹如衰老本身，比晨光中跳跃的孩子
衰老的速度更慢。但衰老已如决堤的洪水
漫上了他松沉下来的双肩。他手分阴阳
如抱着一个大小适中的星球
这是他新开辟的宇宙也必将使他卷入
这人工合成的洪荒、野蛮和空无

毛毛虫在虚空中仅凭一根若断若续的细丝
就从树巅降落至地面，要作茧自缚
还得吃掉多少片嫩叶、从身体抽出多少根丝线？
蜘蛛蜷缩于罗网的中央，无视被风撕裂
的边角。蝴蝶在翻飞，也有野草葳蕤
如醉后挥洒的狂草。薇甘菊开着刺鼻的白花
像是女鬼失血的嘴唇

鸟在枝头跳跃，无非是麻雀、画眉和白头鹎
但也有一群爱鸟的人，将鸟关入笼中
并挂于树干。爱鸟人养的鸟
无非是鹩哥、画眉、金丝雀和虎皮鹦鹉
鸟笼只有十几个，树身上
却敲入了数百根铁钉。树液如淤血
已凝固，但伤口仍在溃烂。每个爱鸟人
都深谙囚禁之道和养护之道，每个爱鸟人
都是一个乃至数个监狱
的管理者。为了切断鸟对天空的记忆
鸟笼套着厚实的布罩。鸟在笼中笼外的问答
他无法破译，更无法破译爱鸟人
凝望笼中鸟时的慈爱眼神。公园犹如孤岛
而万丈红尘就在数百米外的公路上翻滚

山坡下，标准游泳池的水面，被五光十色的泳帽
推来搡去。那些劈波斩浪的少女，有着闪光的大腿
仿佛是鲨鱼的幻变。更远处
是石化厂喷着白烟的烟囱。他在练吐纳之气
于冥想中离开了身体的大陆很远
但仍如一叶扁舟在苦海泅渡。人世太苦
草药的气味使人安神。他也曾煮字疗饥
皓首穷经，企图在书页的空白与缝隙
觅得遁逃之法。最可恨的是
他在梦中以语言烧制的青花瓷
被学校的大喇叭摧毁。最可恨的是
广场舞甜腻的音乐和臃肿的肥腰

最不可思议的是，大盗在狱卒的梦境中
挣脱了脖颈上的绞索。又一只鸟
在爱鸟人的身体中越狱。请搬出你多年来放置于体内
而疲惫不堪的八角凉亭
请像一棵被锯掉树冠的古树在斜坡上席地而坐
请追随这一朵飘过国境线的白云
请融入这短暂吹拂的微风
他终于彻底放松，感到排山倒海的安静
像一阵狂风撼动无名的树根。老鼠奔走
蟑螂逃窜。此时此刻
仍有人戴着防毒面具在喷射杀虫剂
此时此刻，仍有人手持语言的钢叉在深海猎取珠玑。

2020年8月5日

点评：诗人黄金明，仿佛是制片人和导演。《素描本上的小公园》与其说是一幅画，不如说是纪录片里的长镜头。这镜头摇过被削平的山锥和尚存的高大乔木，且推且移至练太极老人的肩和手、命悬一线的昆虫、笼外和笼中的鸟，再将小公园拉远，最后跟拍山坡下劈波斩浪的游泳少女，方告一段落。下一个镜头，诗中的主体蓦然跃出，他“煮字疗饥”，“皓首穷经”，“手持语言的钢叉在深海猎取珠玑”——镜头本身的言说能力被削弱，画外的回忆与想象兀立，将文学语言推至前景。至此，电影与诗歌在这首诗里被恰到好处地结合。

（顾星环）

/ 黄礼孩 /

凤凰粤剧团

粤剧的影子站在遗产的记录本上
暗淡的舞台低于风致人间
一个橙色的下午，访问了村头村
凤凰粤剧团，说出的名字停栖在羽毛上

午后的剧团，空梦一般游离出脸谱
斜阳照着戏服，侧影是方言看过来的眼神
生活是一个漫长的哈欠，模仿着戏剧

留意到墙上一张巨大的美人照
一个形象扑面而来，与多年前的倩影雷同
恍惚间，剧照里飘出了轻巧娇柔，时间
接近于遗忘，我失去了什么，又靠拢了什么

游西关

一场雨来得迟或下得早
都会通往五月街道单色的记忆
少女时代的银光从时间之孔打开
从龙津路到恩宁路，遗漏的才是风景

回旋曲转动了麻石街，激情由此发生
回望，在未经改进的乐园
从素描的线条里辨认出贝雅特丽齐

佛罗伦萨的影子是语言的异乡
空白处自有恰当的词语流进西关
为一种明亮的秩序所教育，一介平民
当自律镶入日常的肌理，美就是几分轻描淡写

站到旧日子的乌有之乡，一次回访
重寻失落之物，西关持续不停而又不可触及
再也没有落日大道供长长的影子奔跑
风物遗失了文采，粤语的胞衣已鲜有穿戴

游西关，做一个多情的游客，奔向所有的细节
寻觅街道里的光线，还有骑单车玩耍的孩子
在粤语之城，不存在的名字、声响与印记
从印花布上隐约浮现，游荡已等同于外部世界的经历

点评："语调"（tone）对文学的意义时常大于所指，对诗歌则尤为重要。黄礼孩的两首诗弥漫昏沉的挽歌情调，却又尽力寻觅难能可贵的光线。在《凤凰粤剧团》里，舞台暗淡如空梦，斜阳映侧影，生活仿若漫长的哈欠，可是"一个橙色的下午"，一张剧照暂时驱散迟暮，令多年前的美人清晰。在《游西关》中，"站在旧日子的乌有之乡"，"再也没有落日大道供长长的影子奔跑"，但依然有"一种明亮的秩序"，让"少女时代的银光从时间之孔打开"。作品里的光线皆源于遥远的记忆，却因有慵懒的遗忘反衬，显得更加动人。正如诗人的自问，"时间/接近于遗忘，我失去了什么，又靠拢了什么"？又疑惑地自答，"遗漏的才是风景"。

（顾星环）

/ 翦伯象 /

煮面条

越煮越软，越煮越活
比梭鱼还活，比人际关系还软
你用一根筷子，逆时针
搅动面的世界
世界因你团团转

突然觉得，南海就是
一口大锅，你正被谁煮着
头顶上，北斗倾一下壶嘴
哗哗往锅里加水

于是你搁浅在沙滩，尾巴
比面条还软。所有的
爱与恨，被同时捂住了嘴巴
浪琴湾的石头，是你
遍体鳞伤的代表作

你在锅里看不见自己
这不重要。你到底是不是你
也不重要，甚至
你在不在场，都不重要

上川岛，海船，酒瓶耶，水南街
均拖着大尾巴，在锅里折腾
水性娴熟，沉浮有致
你不得不被一锅面条
彻底打败

面条在水上行走，如诗人
无惧无畏在纸上行走
一边自洁，一边自救
沿路高举着，逆时针的狗尾巴

点评：翦伯象的《煮面条》用一个比喻写完一首诗。本体不变，只是面条；喻体万变，是梭鱼、地理、诗人，乃至每一个人及人际关系，总而言之，是世界。技巧简单的诗，须依靠丰富的经验、深刻的思考出彩。该诗借转换喻体而警世，其间更不避直接议论。其中一段特别耐人寻味："你在锅里看不见自己/这不重要。你到底是不是你/也不重要，甚至/你在不在场，都不重要"。寥寥数语，却令读者惕然心惊，禁不住反观自身。（顾星环）

/江非/

雷州半岛

它在远处舔舐，犹如饥饿中待哺的幼狮
蓝色的皮肤，令岩石更显褐色、收敛
强大，有效，在倾斜处，插进一里
令生与死更加默契
时间无限平衡
分配合理，并得以继续
灵魄路过，在天亮前飞行
而在日出后静止
多年前，我曾身置此境
看见大地起伏
以山的姿势，新的神
与旧的神，于细细的岬角、云端，彼此摩挲
相互交替

夜海

我用全部的信心接纳这片黑色的海水
夜之大海有着黑色的鲸，黑色的背
犹如黑色的马群在草地上拱起
我用整颗心听见它黑色的音乐，在鲸的腹中奏鸣
黑色的波浪沿着鲸的皮肤到达陆地
它告诉我，要用整颗心，去思考那些无限的谜语
要去接近鲸，那种大海深处最大的生物
要仰望它，犹如仰望一座神的殿堂
它就是一位神，在用它的尾鳍
弹着吉他，它就是汹涌的河流
流入大海后的肖像
我们曾认为它不太会冥想、言语
可是事物总会自己来表达自己
每到夜晚，它总会让我们感到
正是它在海底守着海的家室
我们让大海有了边际，让它到达岸边就要回去
而它，让大海有了根基，我们的沉思
有了内容，每当我们眺望海面
夜晚的海面，它就在海底回旋、迁移、生长
整座大海彻夜涌动的唯一原因，是一头鲸

点评：江非本是山东人，如今长居海边，可对陆地的偏爱依然在其潜意识里根深蒂固。《雷州半岛》执着于岛之本身：其状如舌舔舐，“岩石更显褐色、收敛”，“大地起伏/以山的姿势”，而几乎不涉笔那三面环绕的茫茫大海。《夜海》与其说写海，不如说写鲸：开头便是“黑色的背/犹如黑色的马群在草地上拱起”，已将大海幻化为草地；其后又仰望鲸“犹如仰望一座神的殿堂”；当鲸终于沉入深海，更获脚踏实地的安全感，想象其“在海底回旋、迁移、生长”，“守着海的家室”，“让大海有了根基”。面朝大海，却未失来处，诗人之诚恳通过作品显露无遗。

（顾星环）

/ 江离 /

海之简史

日月之行，若出其中；
星汉灿烂，若出其里。
——曹操《观沧海》

每个人都有一片海
通过传说和报刊里的只言片语
构筑着想象中的海

地中海的人们总是相信
波塞冬的三叉戟可以掀起巨浪
他们发动战争，为了争夺港口的贸易

对我们的先民，海更像是无垠的边界
承载着九州，它神秘
足够让人产生畏惧的防御心理

现在，每个人都有机会一睹大海
它由波浪的帝国、金色的沙滩
棕榈树、泳衣和恋人间温柔的絮语构成

但那不是出海的渔民们熟悉的
狂暴之海，它可以裁决人的生死
当他们在风暴里祈祷，放弃了任何抵抗

关于海的话语如此众多
但它仍然是未被征服的，为数不多者
蓝色的终极旋律之上

浮动着的，是自我的镜像
你仍然没见过那片海
那是永不可能获得的绝对的认识

南海中，新填的海中之岛，像驮着
唐僧师徒的神龟，它仍需仰望
一轮初日，正完成它出海时的最后一跳

点评：江离的《海之简史》以全息视角考察海之面貌和意义，力图拼贴出海的立体形象。古希腊神话中的海掀起暴虐的战争和激烈的贸易，中国古代传说里的海则是九州的底座与载体，现代人眼中的海常常是度假胜地，渔民们所熟悉的海却掌有生杀予夺之权力……但作者最后清醒地认识到，如此众多关于海的话语都只是“自我的镜像”，是人类世界的片面投射，仿佛“影子的影子”，同真理隔着三层，“你仍然没见过那片海/那是永不可能获得的绝对的认识”。

（顾星环）

/ 姜二嫚 /

回收

一辆回收旧彩电
旧冰箱
旧洗衣机
旧电脑
的三轮车
车主躺在里面
睡了
好像回收了自己

2018年3月6日

点评：李贽近耳顺之年时提出“童心说”，强调“绝假纯真，最初一念之本心”。深圳小诗人姜二嫚的《回收》简洁明了，妙手天成，童趣之外还可见理趣。该诗起先只是慢悠悠铺陈一堆名物，一个旧家电名称一行，节奏迟缓；结尾蓦然一转，出其不意：车主躺在三轮车里睡了，“好像回收了自己”，主体瞬间变作客体。这机锋练达，却又纯然出于天赋，令人叫绝，亦令人顿生呵护、滋养幼苗之心。（顾星环）

/ 姜馨贺 /

在特呈岛骑单车

下午
在特呈岛骑单车
这里的大地是圆的
天也是圆的
农田
老牛
鸡鸣
西沉的太阳
感觉骑到了古代
城市在很久很久以后
才会冒出来
姜馨贺也是很久很久以后的
一个人
我可能永远永远
碰不到她

2015年4月28日

我学的语文有时没有用

在路过沙漠的
火车上
我加了一个
维吾尔族哥哥的微信
回到深圳互相问候
结果我不懂维语
他不懂汉语
语音也听不懂
就只好发表情
所有能用的表情
都从头用过一遍
现在
第二遍
又开始了

2017年7月8日

点评：与妹妹姜二嫚小小年纪已擅抽象思维不同，姜馨贺的诗更多凭借直觉。《在特呈岛骑单车》里，小诗人一路见证天地形貌，以及农田、老牛、鸡鸣，一直骑向“西沉的太阳”，便“感觉骑到了古代”，骑到不知城市为何物，骑到彻底忘我，仿佛“我”已消融在太阳的巨大背景里。在《我学的语文有时没有用》中，被忘却的是语言，无论书面语抑或口语。于是这一次，返回之处不仅是古代，甚至是只依赖图画交流的人类婴儿时期。（顾星环）

/ 莱耳 /

春日诗

这是一张干净的脸。侧坐在
白色的沙发上，沉默
而骄傲。像白日梦。

像矿物颜料，每一种
都来自古老而偏执的律法
像珍重传统的家庭。

石英砂，顺着山峦
布满河谷，形成湖水的
底部，这是新年笔记簿的

绒面封皮，私密的喜悦
如第一层灰，春风里
的火舌。对于庸俗之物，

你有众多的梦，请人拣选。
大海偏凉，仿佛薄雪吱吱作响
这凝视，在人群中反复挪移骑

点评：卡尔维诺在《看不见的城市》结尾中提出两种面对地狱的方法：第一种，接受它，成为它的一部分，直至感觉不到它的存在；第二种要求持久的警惕和学习，以寻找、辨别非地狱的人与物，并赋予它们持续的空间。莱耳的《春日诗》选择了后者。身处众多庸俗的人与物之中，诗人的目光“反复挪移”，直到凝视“一张干净的脸”，直到见其人“侧坐在/白色的沙发上，沉默/而骄傲”。即便此情此景“像白日梦”，像虚幻的矿物颜料，也给人以“私密的喜悦”。于是，所剩唯一的疑问是：诗人会打破这种“私密”，进而大胆地赋予它持续的空间吗？（顾星环）

长青路[1]

那些流逝的时间算得了什么
那些贫穷、流浪、饥饿、衰老的耻辱
算得了什么
这些错综的街道、小巷、马路
必定有一条，可以
减轻现实的残暴

走在接踵的人流中，我与他们
是一样的，我们残忍地
向生活奉献了肉体、青春、汗水
奉献了背井离乡的酸辛和故乡的记忆
我们走过它曾经的山水和今日的浮华
在纷乱的人头中，我们的疲惫和麻木是一样的

长青路是一条单调的路，一条
意蕴丰富的路，一条灌满了漫长寂寞的路
这样的寂寞让我热爱，它的苍茫
钻进我的心里，使我俯身
看见残叶和灰尘
看见它的包容、沉默、快乐和谦卑
看见世界温柔的朦胧

①长青路为东莞市长安镇一条马路的名称。

在东莞

整整十年
我填进了青春
填进了青山绿水培养的童贞
为了衣饰、粮食和亲人的期盼
小心地踩着这片土地

我们敏感、懦弱
在这里感冒、发烧、偏头痛
捂着滚烫的额头，搬运产品
统计数据，撰写报告
计数着工资、奖金、福利
强作笑颜，哪怕欢乐全无

十年来，我仍然不能安定
不能习惯这里的高楼大厦和人情冷暖
乡愁是普遍生长的植物
它沉默，它死亡在故乡的那一头
我们行走、站立、睡觉、醒来
脚步，就像风那么迅速
脸像树木一样冰凉
我们心中埋藏着爱，也隐藏着恶
缄默地经过一个个街口

我不能说饱经沧桑
十年来，站在它的街道
呼吸它的呼吸，饥渴它的饥渴
我们被命运安排到这里
活着。承受生活微妙的挤压
在冰冷而单调的墙壁之间
找寻幸福的绳索——

点评：东莞的移民劳动者众多，因而与“打工诗歌”“底层写作”等文学命名有特别亲密的缘分。蓝紫前些年提倡“疼痛诗学”，但就《长青路》和《在东莞》两首诗看来，其创作并不拘泥于疼痛一维。贫穷、流浪、饥饿、衰老、疲倦、麻木、多病、背井离乡、冰冷单调等，诚然是“现实的残暴”，可诗人并未沉溺于已逝的文化乡愁从而自欺欺人，而是在缅怀青春和故乡的同时，努力于在地经验中“找寻幸福的绳索”。城市的街巷成为新的日常，沉默地包容异乡人，散发“世界温柔的朦胧”。在早已熟悉的城市里，“呼吸它的呼吸，饥渴它的饥渴”，有时甚至感到生活的挤压“微妙”而可承受。相濡以沫十余年的城市渐变为新的故乡，融入打工者不灭的身影。（顾星环）

/ 黎衡 /

广州：雨迷宫

气根的须蔓、落羽杉、爬山虎，
棕榈、苏铁、鸢萝、南洋楹，
木槿、木棉、风铃木、凤凰木。
三月还剩下几天，大叶榕无边的黄叶
在春雨的琴弦上旋落，大地是琴箱。
也就是说，又有人要在雨的迷宫里走失了。
雨，一条循环的隧道，一座风的蜂房，
在每个入口他上车或是下车，刹车声带着
湿气的尾音。到五月，雨滴的薄刀片
切削他体内的痧：胸腔里的黄昏
和腹腔的拂晓。地球和他的身体一样
百分之七十是水，雨落下来，每一滴都是
大海的碎片，跟他有关。这座锈蚀水阀般的
城市，就像泳池或浴缸的出水口，
打着旋儿，连接两个世界。也可以说它是
华夷之间的肚脐。八月，空气在冰镇
珠江啤酒的玻璃瓶上凝成水珠，以缓慢的
热带的速度流淌，像是要从雨水中
分辨泪水。八月限定在空濛的容器内，
永不会结束。泡沫永不会饮尽。

香港：序言

序言书室，乘一部咯吱作响的小电梯
上到八楼。撕掉了一半的招租广告
黏在马赛克地砖上，楼道的顶灯昏暗，
以至于一个下楼的印度人
拐弯乍现，像历史的鬼魅吓了你一跳。
用这间斗室做维港两岸和离岛的序言？
漫长的序言、无穷无尽的序言……
只需一间三十平米的房子，填满书
和读书的人。正文的起承转合
在握手楼的窗格和海洋的波浪上轻漾。
楼下的西洋菜街、弥敦道
市声喧浊，去南丫岛的船要等下一班。

澳门：喻体

海岛速写着海平线，大桥速写着
三座岛屿的距离。大巴车好像飞鼠跳跃。
赌场认为，博彩是对世界的一种隐喻，
免费的巴士停在海关出口，延伸了喻体。
但我只是一个孤独的能指，在威尼斯人的
人造天堂里，连蓝天都是仿真的，
我从高处观看下注的人，他们像掘土工
一样挖掘自己和世界。外面的街市
为了证明人间不是虚空，在阳光暴晒下
建起了圣母堂、土地庙和妈祖阁。
回到真实就像离开母腹，
试着做一个纯洁无瑕的人。

点评：读黎衡的诗，很容易“走失”。《广州：雨迷宫》是“一条循环的隧道，一座风的蜂房”，从三月至八月，潮湿的尾音尚未结束，“永不会结束”，而以缓慢的热带速度流淌，仿佛植物们茂密的气根和大海繁盛的蒸腾作用，往复不休，回归下一个春天。《香港：序言》是一本从打开即让人沉陷的书，序言“漫长”“无穷无尽”，正文的起承转合在遥远的身外轻漾，下一班船被阻于另一个世界等待，离开犹如幻梦。《澳门：喻体》终于要“速写”并“跳跃”了吗？不，喻体自由延伸，阳光暴晒下的人间纯洁无瑕得仿佛丧失生命，而“我”只想流连于“威尼斯人的/人造天堂”，做“一个孤独的能指”。三首诗的主要成分皆为氤氲水汽，华洋杂陈之文化“像历史的鬼魅”洄游其中，而诗人创造了可让自己悬浮、回转的“母腹”。

（顾星环）

/ 李白云 /

红树林

相对于背后的水道
我是海的前哨
游弋于自己画出的经纬线
把竹篙所示的终点带回起点
让在航的船只首尾相逢

汽笛盘绕在我的枝叶上
形成雨云和耕作的湿地
踩踏过后的坑很深
晨雾晚霭，令我误解了
山的回头和浪的退却
那些抛进水底的锚
犹如我的树根，抓到的
都是含盐带泪的信仰

风给我施洗
在永恒的潮汐之间让我受孕
往返于泥滩的月光
可捎去我挂在枝丫上的婴啼

点评：李白云的《红树林》以定点观察为主要视角。红树林默立于水滨，任竹篙携带船只往来穿梭，汽笛盘旋，雨云降落，湿地耕作，晨雾晚霭伴着潮汐在周遭起伏。所遗憾的是，意象过多过散，跳跃过于随意，便易使诗作破碎。在古往今来的文学创作中，“破碎”常常是难以逾越之困境。李清照的《词论》曾举张先等大词人的作品为例批评：“虽时时有妙语，而破碎何足名家！”王国维的《人间词话》更指整个“唐五代之词，有句而无篇”。因此，先谋“有句”，再求“有篇”，是作者需努力的方向。（顾星环）

/ 李六语 /

地下铁

站台上
隔着一层暗淡的玻璃
看到潮水倏然而至
把遗忘的泥土唤醒
鱼儿摆尾
灯光浸了水
白的，蓝的，红的，黄的
被扯成模糊的细线
铺天盖地
水珠的罅隙里我们变成波纹
洪流微不足道地颤抖
转瞬而逝

你说天空晴朗
在地下
无数浮游的鱼
在一条条逼仄的河道
顺着水流
向地表逆游
我只是一条鱼
疲惫灵魂
带着所有眷恋，涌入归潮
钢筋水泥的城市不动声色
向下生长
聚散离合又长出河流
互相缠绕

我们的灵魂薄如蝉翼
只是无处可去
一条鱼和地下铁漫游
找寻所依

点评：在万千物种中，鱼与人缘分极深：很多科学家相信，两者有亲缘关系；西方流传多少美人鱼的传说，东方便有多少鲛人泣珠的神话；即使在摹写现实的《史记》里，亦有“人为刀俎，我为鱼肉”的譬喻。李六谙的《地下铁》再度将人比作鱼。地铁如潮水倏然而至，“鱼儿摆尾”，随它一起在逼仄的地下河道浮游，最后“带着所有眷恋”离开地铁，向地表逆流而上，涌入归潮。“钢筋水泥的城市不动声色”，但是，在被地铁所裹挟的短暂时光里，鱼儿与它似乎拥有相通的命运，共同为瘠薄的疲惫灵魂找寻所依。（顾星环）

/ 李少君 /

诗

当黄昏将一切溶化
连小鸟也没入暮色中
亭台楼馆也被暗涌收走
我们徘徊在海滩边
也许，诗不过是偶尔溅起的浪花
当时代变迁如波涛汹涌
每一次剧烈的搅动将一切翻涌
但大海永远是巨大的幕布般的背景
天空，则是人们仰望的方向

点评：“诗”是什么呢？文学论著上的答案远不能覆盖其漫漶、多变之存在。李少君的《诗》自有形象而富弹性的解释：当一切消失无影踪，诗仍可被徘徊在海滩边的“我们”目睹；“当时代变迁如波涛汹涌”，当大海和天空如亘古不变的背景，诗既非“剧烈的搅动”，亦非“巨大的幕布”，而是“溅起的浪花”，是动静之间美丽的偶然。（顾星环）

/ 李元胜 /

西樵山上小坐

车停了，一群樵夫从假苹婆树下走过
砍伐自己多年，他们已略有倦意
现在景致正好，天下无须照顾
观音放下全身的铜，低头看自己的手印
思忖百年的书生，三三两两回到地上
我们心里是否仍有空地，放得下一个茶桌
万事沸腾，终究半凉
这无边空濛，正好收进一盏茶里

2017年6月7日

庆云寺

一个终于穿过蝶群的人，在寺院里踱步
半生收集的斑斓经书，想在这里偷偷放下

钟声起了，从里往外，今天有异样的笨重
一圈游客，一圈建筑，一圈林木，都在暮色中摇晃

黄袍僧人若无其事，安静扫着台阶
他扫右边，春风扫左边

借过，借过，憨山大师抱病上山，有如抱一堆未读完的书
我侧身而立，恍然间，两个时代共用同一条山道

不敢妨碍他回到那口钟里，也不敢叫醒游客、建筑、林木
他们像佛珠，都在他的手指间安静转动

地球也在转动，围绕着他的轴线，还是我的？
蝴蝶乱飞，难道我们还消磨了同一个白昼？

还是下山吧，我也有很多未读完的书
春风里，我挽着山间潮湿的黄昏。他走左边，我走右边

挽着黄昏的很多层台阶，很多层钟声
它足够美，只是带着一点顽固的药味

2017年6月11日

点评：李元胜的《西樵山上小坐》和《庆云寺》拥有一个共同的关键词："放下"。樵夫、观音、书生、僧人、"我们"，一概在回归五蕴皆空的途中。就现实主义精神来说，"现在景致正好，天下无须照顾"未必属实；但就中年心境而言，"万事沸腾，终究半凉"恰如其分。那么，不妨暂且"挽着山间潮湿的黄昏"，静听一层又一层的钟声吧。只是，毕竟乃未得阿耨多罗三藐三菩提的凡间诗人，在试图放下的同时葆有生趣，尚需眷恋一盏茶，抱紧未读完的书——这一点执着，已属脱俗的难得。（顾星环）

/ 李壮 /

除夕下午的海鸥

这些贼头贼脑的胖子
在两个世界的移动边界上蹭来蹭去
一大片。白花花的。

它们索要投喂，它们欢欣鼓舞
这没出息的鸟儿……它们吞咽时的喜悦
和安宁，稀释了某种可能存在的
关乎交错的恐慌

阳光下，海鸥柔软的滑翔构成一种喜剧
我有些犹豫该以液体
还是气体的词谱来解读那飞行
在低垂掠耳时显得多么宽阔
当它们被一块小小的面包碎屑吸引

又会虚张声势地呼喇喇仆地
并从吞咽的动态中分出一个媚眼撩我。
被海浪的五线谱绊住时，它们就像
发育不良的大头音符，总是有些狼狈地
被弹出曲谱的页面，却似乎从不会为此焦虑

如同一种纯粹的幻觉，海鸥循环的飞翔
从不在海面上投下可辨的倒影
但它们又是多么真实，一大片，白花花的肉体
在两个世界的边界上
满心欢快地游荡不止

点评：张爱玲评价苏青时说，想要活下去而且活得称心，难免对物质和生命本身多一些明了与爱悦。此可谓乱世心得。李壮的《除夕下午的海鸥》描摹了一群在“交错的恐慌”里觅食的鸟。这“交错”在水天之际，在潮起潮落之间，在“除夕下午”的明晦替换、新陈代谢之时，总之，对于“没出息的鸟儿”来说，便是动荡不安之境。于是，它们欢欣鼓舞地索要投喂，“被一块小小的面包碎屑吸引”，“虚张声势地呼喇喇仆地”，吞咽时喜悦而安宁，且不忘“分出一个媚眼撩我”。人类对此予以谅解，但又感到困惑：海鸥飞翔时“从不在海面上投下可辨的倒影”，“如同一种纯粹的幻觉”；而夺食时“又是多么真实，一大片，白花花的肉体”——这亦是一种“交错”吧。（顾星环）

/ 梁平 /

春熙路上的孙中山

路经春熙路，
总要去看那个矮小老头，
他在那里坐守世纪风云，
整整九十年了。
商厦越来越拥挤，
刘开渠铺垫的那个广场，
被琳琅满目的百货和龙抄手包抄，
严重缩水。
春熙路熙熙攘攘，
满眼美女如云、美腿如林，
大爷大叔、小哥小鲜肉，

都在招摇过市。
少男少女唧唧歪歪拍照，
一个比一个搞怪的造型，
老头看在眼里。
一个少妇怀抱宠物狗，
东张西望之后，靠近花台，
那狗东西大快朵颐了。
旁观的孙中山，
在春熙路，面部表情自然，
没有一点不适应。

2018年11月25日

点评：孙中山出生于广东省香山县（今中山市）翠亨村，但在南京、北京、上海、桂林、成都等地，乃至境外，皆留下难以磨灭的身影。梁平的《春熙路上的孙中山》将伟人还原成"人"，令其与繁华喧闹的当代商业街区和谐共处。任都市景观如何光怪陆离，老人家稳如泰山"坐守世纪风云"，直以不变应万变。这便使诗作染上几许后现代意味。（顾星环）

/ 梁小曼 /

较场尾

开车从大梅沙出发
公路的左边是荒凉的山
右边，能看见白茫茫的海
我们穿过鹅公岭隧道
沿路没有什么车
较场尾也没有什么人
我们走在大海与半遮掩的
客栈之间
那些客栈有着蓝色的
白色的、粉红色的外墙
门口有趴睡的狗
没有猫。没人招呼我们
也没人阻挠我们

我们随随便便地
闯入原住民的村落
酒吧、客栈和海鲜档
经过一块“艳遇高发地”的木牌
来到大海的面前
冬天阴郁苍白
大海也乏味无聊
我们举起食指和中指
拍美颜照，仿佛要证明
冬天和大海，以及我们
确凿无疑地存在着

2017年

金色泳池

上步中路与园岭的交界处
有几栋老旧的楼，曾是市委
楼下有面向市民的食堂
卖韭菜包子，北方人的食物
顶楼的天台上，地砖
残缺、肮脏，然而
夏天的午后，楼底的泳池
闪耀着金色的星光
蔚蓝的水波荡漾，温柔地拥抱
那些光滑的、结实的身体
周边生长着茂密的荔枝林
那个时候，坐在天台的围墙上
少女幼细的双腿在半空轻微摇晃
温暖的夏风，金色的泳池

人们的欢笑，言语
少女长久地凝视着大地
柔软的天空
城市的这个角楼，幸福的人们
漫无边际的荔枝林，更遥远
目光所极（也许是意会），铁轨的一侧
每个夜晚被驶向北方的火车等边分割
宇宙的黑洞，少女的梦
也一起被分割——
那里也曾与楼底的泳池共鸣着
欢笑，言语

少女幼细的双腿在半空轻微摇晃
她在默默数着时间，数着黄昏
她不知道，后来
她又活了二十九年

2018年

点评：佩索阿的《单调产生的快乐》写道：遍游全球的旅行者“总是看见新的东西”，“但哪里有新奇，哪里就有见多不怪的厌倦”；“真正的聪明人能从自己的躺椅里欣赏整个世界的壮景，无须同任何人说话，无须了解任何阅世之法，他仅仅需要知道如何运用自己的五种感官，还有一颗灵魂里纯粹的悲哀”。[①]梁小曼的《较场尾》所描述的恰为前者，“乏味无聊”的旅行约等于打卡、略同于“存在”的证明；《金色泳池》所书写的正是后者，少女独坐楼顶天台，“幼细的双腿在半空轻微摇晃”，身下的泳池闪耀金色星光，夏风中水波蔚蓝，温柔拥抱那些光滑、结实的身体，周边荔枝林茂密，画外是驶向北方的火车——然而，跟随时光漫游终究只唤起无言怅惘。（顾星环）

①费尔南多•佩索阿．单调产生的快乐[M]//费尔南多•佩索阿．惶然录．韩少功，译．上海：上海文艺出版社，2012：34.

/ 林莽 /

把大海关上

面对浩瀚的大海和喧响的波浪
面对一切宏大的事物
一个小小的生命能如何应对

记得童年　乡村庙会上锣鼓喧天
舞狮抖动着红色的鬃毛突然间高高地站起
幼小的身心上印下了源自心底的战栗

而后　那场更大的风暴来临　我十六岁
面对惊恐　失望与无法抗争的命运
只能以沉默和韧性度过那些艰难的时日

两岁的丫丫
第一次见到大海的外孙女
跟我们说："把大海关上"

海　却一直汹涌着
把浪花一次又一次地推到沙滩上

在回家的路上
她小声地问我："大海关上了吗"

点评："面对一切宏大的事物/一个小小的生命能如何应对"，是林莽的《把大海关上》的诗眼。作品中所写之"应对"方式出自人的本能，即惧怕和逃避。第一次见到大海的两岁外孙女童言无忌，说出最直接的反应："把大海关上"。然而，树欲静而风不止，宏大事物并不停歇其"一次又一次"的"汹涌"。这一答案也许是懦弱的，却是真实不造作、坦诚不虚伪的。（顾星环）

/ 林馥娜 /

独自守在滩涂上的石雕

淹没与现身，水中的坚硬部分
立于泥淖滩涂
鱼蟹贝藻在身边来来往往
嬉戏这不曾离开的异类
唯有涅槃过的火山石懂得
这塑形的石头
背负渔村世代烟火的寄意
怀抱同体慈悲的古老悲喜，目视
渔船去而复返、去而未返
就像某些不曾言语的在场者
尽管大海汹涌，不停放着高音喇叭

点评：鲁迅的《野草·题辞》首句便是：“当我沉默着的时候，我觉得充实；我将开口，同时感到空虚。”开篇便奠定这部作品的“独语”特质。林馥娜的《独自守在滩涂上的石雕》当然远不及《野草》内涵丰富、意蕴深刻，甚至缺乏现代主义的洗礼，但亦塑造出沉默而有力的形象。坚硬的石雕独自守在松软的滩涂上，任凭汪洋将其淹没或使其现身，忍耐鱼蟹贝藻的动静，迎送渔船往返，不曾言语却始终在场。诗虽小，而有情，是中国新诗里较传统的一路写法。

（顾星环）

/ 林莉 /

在贾梅士雕像前

发光的事物都坠入了海底，只有凤凰花
穿越了尘土，静静站在了凤凰山山岗上
记忆之门打开，有什么东西经过我时，发出了
沙沙声，仿佛是你在咒语中重生

鸽群飞过蓝色海湾，带来了你潮湿
的气味，在通向你的路途中，那么多的美已然诞生
而你藏在时光的侧面，欲言又止，提供出一种
万物沉默的典范。你捧出火焰以及盐粒
但我看见的已不再是我看见的

在接近你的那一瞬，是巨大的落日
使得我和起伏的世界一起噤声，我敢肯定
在你和落日之间，埋藏着：马蹄，牙印，死。

寮步镇：凉风推开木槿篱

如果你来到寮步镇，我会告诉你
佛灵湖，陌生小院，一排木槿花篱笆
暮晚，有人十指相扣从湖边回来
挖回了苔藓、马齿苋、薄荷

如果你忘记了寮步镇，我会告诉你
佛灵湖，陌生小院，一排木槿花篱笆
在其中站久了，未说出的话都开成白里透红的花朵
一种类似闪电般的触觉，敲打沉睡的骨骼

如果你离开寮步镇，我依旧会告诉你
佛灵湖，陌生小院，一排木槿花篱笆
小院清简，喜鹊在篱笆边
走走停停，木槿喷涌的气息点亮了暮色

如果你细细回想寮步镇，那时四野空寂
人们在小镇默默生活着，晚霞中
湖是一块祖传的琥珀，锁紧万物的倒影

之后，告别声如粼粼波纹，一排木槿花篱笆
风推开了它

点评：林莉善于发现细小之美，见微知著。贾梅士传奇的一生可谓波澜壮阔，但《在贾梅士雕像前》用娇艳的凤凰花起兴，继而停驻在“欲言又止”的暧昧气息里，想象他“捧出火焰以及盐粒”；落日亦巨大，可在贾梅士和落日之间，更值得注目的是易为人忽视的马蹄、牙印，它们甚至与死亡同价，能够召唤这位葡国文学巨匠重生。《寮步镇：凉风推开木槿篱》以一唱三叹的方式锁紧人世间平凡而幸福的日常，缠绵悱恻的细节点亮茫茫尘世的暮色，自有轻柔的力量。当告别声不可避免地到来时，木槿篱随风开启，一段传说循环至开头，重新被人悄声谈起。（顾星环）

/ 凌谷 /

市政厅

坐在绿色排椅上
感受
一个海洋帝国
走向衰落所需的勇气

时光忠诚不渝
我确信无疑
你的目光沿石卵花纹
刻画
忧与喜的波动

四百年来
地球依然符合
地球仪的想象
恋人依然
依恋让一切旋转

最终让依恋翻覆的
时光

这里是
相遇相爱和伤心的
起点

这里有你
离去后的虚无
在这个虚无的海洋中
我一直探索
让一切翻覆的
波动

普济禅院[1]

世人认为
物质在火焰中进入精神世界

我却深信
每一粒尘埃的神圣

神圣
才能永恒漂泊
相识
才能相互寻觅

你的回眸
是多少世纪的祈求

曾经让人心绪难平的条约
在暮鼓晨钟里
变得缥缈

我将成为一颗微尘
缭绕在你微笑的光芒之中

点评：在中外文学史上，战争与爱情皆是亘古不变的主题。凌谷的《市政厅》和《普济禅院》延续对此二者关系的思考。地球上的大事记再多，一旦“你”离去，地球便只不过是“虚无的海洋”而已；“我”情愿化作一粒微尘，“缭绕在你微笑的光芒之中”。这样的诗虽然带有些许戏谑的意味，但亦有对“每一粒尘埃”之神圣性的尊重。（顾星环）

①中美《望厦条约》于1844年在澳门普济禅院签署。

/ 凌越 /

一天，我在城市里驻足

一天，我在城市里驻足，
不再像往常那样脚步匆匆去公司去商场去见我的爱人，
不再像一名疲惫的奴隶
被夏天的烈日驱赶着——逃往不存在的地方。
一天，在城市里，我自然而然地停下来，
深深呼吸着清冽的空气，仿佛整个夏天不曾呼吸过它。
我把手搁在面前的栏杆上，
太阳晒得它发热——仿佛是城市的体温，
我承认它比我热，
我承认我的心在这一刻轻微地抽搐了一下，
而天空，秋日里蔚蓝的天空，
仿佛就是它绷紧的闪动着奇异光泽的皮肤。

我忽然发现眼前的江水虽然无声
却在日夜不息地奔流着，
我忽然发现角落里衣衫褴褛的拾垃圾者
并不像我先前想象的那样愁苦，
——他们表情轻松，相互说笑着。
那些店铺，水果摊档
节日般隆重地摆放着鲜艳的葡萄，香橙和苹果。
那些路人，戴着眼镜的学生

持着拐杖步履维艰的老者，还有穿着入时的女人们，
他们从我身边经过，用眼神问候我。
——当我从前疾步向前的时候，哪里知道这人与人之间
秘密的交流，
哪里知道生命的丰盈并不在于狂欢，聚会或是盛宴，
而是在于每一个你能看见听到的瞬间。
那些画面，运动着，又是静止的，
等待着你的采撷，用你的敏感友善的心。

一天，我在城市里驻足，
人的点点滴滴的思绪，记忆和模糊的希望
连同白昼里袒露着的一切事物——
建筑，人群，常绿的南方的树木，
回荡在街头巷尾的吵闹的音乐，
远处寂静的桥梁，疾驶而过的汽车，
职员，赶赴宴会的官员，大腹便便的商人，
残疾者，医生，护士，沉思默想者和摇摇晃晃的醉汉。
——他们在我的视野里奔忙，顺便带动我的血液，
朝着那具钢筋混凝土的身躯涌动，像浪涛拍岸。
当我像这样充满惊奇地观察着它，
它也像母亲一样轻轻接纳我，
接纳那些敌意，愤懑和年少的孤独。
我们和解了——母亲和孩子终有和解的一天。
我知道我可以伏在你的肩头哭泣了，
我知道这很好，但我不会这样做，
我反而要歌唱——这世间的事物没有一样是可以唾弃的。

我在家与家之间穿行

我在家与家之间穿行，
我在街巷中甩开大步向前，
在簇新的欢乐的浪涛里向前，
几乎要踩烂都市里木讷的纪念碑。

在这里，我没有家。
我的家远在枯竭的乡村，
那里，单调的绿色和褐色主宰着视野，
肮脏的沟渠散发出恶臭。
如果家仅仅是安身之所，我没有家。

我宁愿到嘈杂的城市里干苦力。
每天，我把一瓶瓶桶装水运送到千家万户，
肩扛手提，我是力大无比的阿特柔斯。
望着纯净的似乎燃烧着蓝色火苗的夏季天空，
我的眼里涌出绝望。
我们同样被市侩的荣誉忽视，
我们同样肩负着苍穹的重压。

我肩上搭着的毛巾
像饥渴的鱼吸食源源不尽的汗液。
裤管半卷着吊在我的膝下，
头上的草帽像沙漠里的枯树枝，
任凭阳光的皮鞭抽打。

忘掉主顾的白眼，
忘掉餐馆女服务员的不屑，
你们听！海水的潮汐在寂静里涌来，
火红的夕阳将整座城市变为滩涂，
带着大自然无法掩饰的荒凉。
慈祥的夕光不分你我、贵贱，
将人们重新置于荒谬的境地；
梦想将我们从慢吞吞的现实中抽离，
傍晚莅临，带来夜色的安慰。

一起停下脚步，
静待激动的蛆虫爬上背脊。
我们期待什么？
为日常生活里毫无缘由的激情。
一瞬间，我们变成监牢里的囚徒，
在黑暗里狂热地亲吻冰冷的锁链。

点评：节奏松弛、善于铺陈、散文化程度高，是凌越大部分诗歌的特点。《一天，我在城市里驻足》由一个个相对独立的场景拼贴出对熟视无睹之地的重新发现：空气清冽，金属炽热，江水无声而日夜奔流，水果鲜艳衬托路人亲切，城市不再是使人异化的原因，反倒是令人感动的理由。《我在家与家之间穿行》则由一系列连贯的叙述通达气韵：送水工抛弃荒远的故土，可在城市里同样难负重荷，只能躲入夜色获得虚假的安慰。文不甚深，道理亦不隐晦，但因其具普适性的人文精神和特立独行的写作风格而予人深刻印象。（顾星环）

/ 刘年 /

南沙（组诗）

1. 海平线

海上有水母，天上，有水母一样的云
星星落进海里，就成了海星
海边有洁净而缓慢的贝壳，天边有同样洁净而缓慢的月亮
只有海边的我，在天上找不到对应的事物

2. 在银色的沙滩上

又想你了。想你赤着脚，提着裙子，向我跑来
我会举起你，让你高于月亮
我会把你扔进海里。岛，像鲸鱼一样，慌不择路
太平洋沿岸，将发生一场海啸

3. 在雨里独坐

闪电蛇行，雷声狮吼，大海，惶恐不安
注视和祈祷一样，是有力量的
在我的注视下，那只瘦骨嶙峋的海鸬鹚，放慢了速度
在我的注视下，大海，渐渐平息

4. 鱼

我是属鱼的，骨头里一直有刺
和石头玩，和水玩
用自己和自己打赌，我相信
那条渔船会来接我，就像相信秋天会来接走夏天

点评：刘年的大多数诗都仿若小令：篇幅简短而富歌谣韵律，依赖口语但文字洁净、洗练。《南沙》组诗更可见顽童般的想象力。第1首以海平线为界，于水天之间寻找对应物，直至想到自己缺乏天上的呼应，备感孤单却又隐然有些骄傲。第2首举起一个女孩子，让她高于月亮，再投入海中，于是，“岛，像鲸鱼一样，慌不择路/太平洋沿岸，将发生一场海啸”，以惊人之笔写女孩子在自己心中的分量。第3首以静制动，坚信自己的注视具有神力，能够抚平大海的狂怒和惶恐。第4首化身为鱼，鱼有哪些属性呢？“一直有刺”，喜欢“和石头玩，和水玩”，也可以“自己和自己打赌”。（顾星环）

/ 卢卫平 /

我后悔让这块石头开花

我敲开这块石头
我将一块大石头
变成许多小石头
叫作石头开花
石头开花就是石头开口说话
可当我看见一个个
跟着大风的脚步奔跑的小石头
在风停下来后也沉默不语
我就后悔让这块石头开花
我能忍受一块大石头
长久的沉默
但弱小者的沉默
总让我感到惶然不安

书法课

卢卫平

岭外音书断
经冬复历春
这两句我写得很快
我让音书断的时间
尽可能短一些
冬天快些过去
春天早点到来
写到近乡情更怯
乡字用繁体字
这与这幅送给老乡的字
的布局和结构有关
更重要的是繁体字
多一些笔画
我可以写得慢一些
我要慢点近乡
慢点情怯
我要留出足够的时间
鼓起勇气
问我在村头碰见的
每一个来人

点评：卢卫平以诗歌为万物“赋命”。这与万物有灵论的差别在于，不仅承认一切物质在客观上皆有自然精神，而且经由主观性颇强的方式为它们创造全新的审美魂魄。《我后悔让这块石头开花》写大石头被敲碎成许多小石头，诗人坚信“石头开花就是石头开口说话”；而当一颗颗小石头“在风停下来后”跟着静止，诗人又“惶然不安”于“弱小者的沉默”，高尚的母体被分解为低微却更值得尊重的新生灵。《书法课》则赋予每一枚汉字各异的诞生速度，并任由它们的枝蔓绵延向纸外，竟至在现实生活中开花、结果。诗人的“赋命”因此与人间生命的兴衰取得灵动的默契。（顾星环）

/ 路也 /

航站楼

航站楼，请送我走，请让我离开此地
把我送至天空，送往远方

我向往天边的浮云
想摆脱人世的困厄甚至地心引力

显示屏上的地名在闪烁
你的乡愁是全地球
请把我带走，带往任何地方

在安检口，金属探测器将我赦免
前往登机口的途中
免税店的香奈尔5号属于别人的世界观
星巴克咖啡才是我的哲学

一座没有尖顶却长了翅膀的教堂
有一飞冲天的信仰，永远在仰望
与上天签订协议
对每一架飞机充满人文关怀

给我一张登机牌，送我走
给我一条通道，送我走
给我一架波音747，给我速度和力量
给我一个望得见云的舷窗

无论建筑语言是一只飞鱼还是一棵树
航站楼，请把我发射到远方
并且等待我的归来与抵达

2018年12月

火车开上了那座桥

一列东风内燃机火车
开上了那座上百年的桥
桥下的河水悲喜交加
加快了流速
一大簇三角梅不惧篱墙
蔓延口岸的两边
现在忽然盛开得更鲜艳了
一个上了锁的国家
终于把沉重的大门
吱吱嘎嘎地打了开来
一列灵魂铿锵的绿皮火车
开上了那座
颤动着百年疼痛的桥
火车头上的徽标
代表着人民的勤劳

风笛声悠扬
是一句关于大地的赞美诗
火车开过这座桥之后
渐渐加速
蹲伏在躯体内的里程
一点一点地铺展
这列火车一旦
跨过了这座桥
就进入了另一个时代
这列火车一旦
开过了这座桥
咣当咣当地一直开
就开向了全世界

2018年12月

点评：路也的《航站楼》和《火车开上了那座桥》均体现执着的线性力量。前者恳求航站楼尽快将“我”发送至无边的天空和无名的远方，以求“摆脱人世的困厄甚至地心引力”；后者是“灵魂铿锵”的火车开上古桥，随即又将古桥甩在身后，并渐渐加速，“咣当咣当”一往无前开向全世界。虽然都是单向度的矢量，但因灌满敏感锐利、情深不悔、无所畏惧的韧劲，而使诗作散发出独具魅力的光芒。（顾星环）

/ 吕约 /

在南方幻想南方

从前，我住在北方
一口钟在一所空房子里。
只有星星们不定期来探看我
划过窗前像一道灵感。南方
是一个纯洁的小词，像是
朝我倾斜的北斗七星中
最小，有点儿疯癫的那个。

坦白地告诉你吧，我
是由于私奔来到南方的。
南方的老人，少女和孩子
你们如果看见我，我就
远远地停下来，说起
你们遗忘了的南方

那真是一匹色彩恰好饱和的布料
一匹驰过梦境的斑马。
少女在日间休息，保留着
婴儿式的睡眠。天黑醒来
她变成一簇细小透明的火苗
灼痛青年的指甲。
这痛，到晚年还会
从最深的内部发作，像深长的呼吸
像祷告。

谁的心里都有声音：
金色的小蜜蜂，飞舞在
幻想的蜂箱里。
一滴蜜渗出，同时
千万只果子跌落。人都有
合适的名姓，果子
也有自己的姓名。孩子记得
有时又故意忘记
指一个果子，惊奇地叫着
像是第一次看见。
果子成熟，孩子的脑袋
多像一只椰子。

1994年12月14日

点评：女性诗人写抽象之物和暴戾之事自有特殊的处理办法。“南方”庞大无际且难以捉摸，但在吕约看来，只是“一个纯洁的小词”，像“最小，有点儿疯癫”的星，“真是一匹色彩恰好饱和的布料/一匹驰过梦境的斑马”，并密布蜂蜜渗出和果子跌落的细碎声音。这些譬喻都是私人化的，可是恰与“南方”气质吻合。《在南方幻想南方》写于20世纪90年代中期，却已见诗人手笔的成熟。（顾星环）

/ 马莉 /

大海的失踪者

我无数次观察过海水变化的节奏
正午的海水是寂寞的，它要睡眠
而到黄昏，或是天亮以前
海水的力量足够考验一颗忍耐的心
它悄悄行走，带走落日和温暖的住宅
一次退潮足以使梦境破碎或重圆
岩石的缝隙中，海水洗刷着秘密
与大海有关的秘密，将被海水带走
带向陌生而遥远的天空之城
然而岁月，未来的岁月，它在何处
谁能见证海水的变化与太阳有关
与永恒的星月有关。大海是无知的
大海使天空升起一股虚空的力量
这力量足以使一个人成为大海的失踪者

点评：马莉的《大海的失踪者》这首诗，颇为笃信庄子所主张的“无用之用”。大海的变化有其节律，又保藏巨大秘密；但作者更欣赏大海“无知”的一面，坚信正因如此，大海方“使天空升起一股虚空的力量”。此类观念在儒家看来不免荒诞，却亦提供与众不同的思维方式。

（顾星环）

/ 马萧萧 /

深圳湾

这沙滩，可是我们大西北沙漠的小亲戚

沙海边，那条孤烟的辫子
大海边，这条迷你的裙子
一个对我说，谁都在用今年的风尘，擦拭去年的风尘
一个对我说，大地有多少热泪，大海就接纳多少热泪

有海便是娘。在大西北，在大海的远郊
一条小溪、一场小雨，也是娘
一汪被命名为海的湖，已是好大的一个娘啊

借大海，借这万能的驱动，安装于自己微小的身体
借白云，高楼更高。一对越境的翠鸟
正在借用惊涛的拍岸声，掩护它们带电的欢叫

“N年后，请把大海撒进我的骨灰里……”

滨海大道

你说最美是深圳，我说最美是深山
最美是深山老林里
这条潺潺的小溪流

溪流边这条会拐弯的小路，便是我的滨海大道
道生一，一生二，二生三，三生万物
万物都在源头，缔造自己的微型特区

下游的摩天大楼再高，也高不过上游的山麓
一滴滴被云雾兜不住的
鸟鸣，恰是我海阔天空的启蒙书

点评：大西北的军旅诗人马萧萧看深圳，但觉沙滩是“沙漠的小亲戚”、滨海大道是“溪流边”一条“会拐弯的小路”，专注于大海和海滨都市的阴柔侧脸，达至一种“片面的深刻”。所幸诗人并未止步于此。在《深圳湾》里，他感恩海水作为“万能的驱动”赐予干旱西北以生命；在《滨海大道》中，则感悟“上游的山麓”和“云雾兜不住的”鸟鸣如何“启蒙”南国的摩天大楼。作者到底以博大胸襟兼容南北、畅游山海。（顾星环）

/ 梦亦非 /

素颜歌（节选）

27

“一个人不要怕，”你应该学会
带着浅绿色雨伞出门
越过下坡而去的单行线——

黄色汽车开过就不见了
（但爱情不是自行车或石头
你也不是西西弗斯）
走到便利店门口，你已中年

并将独自穿过地铁隧道
和自动售票机的错误
当你在旅程另一端已是白头

“欢乐只是午后的阵雨呵
如今却像旧雨伞，无声地收起……”

你要学会优雅地接受死亡
在街道的尽头遇见秋天
然后消失于蔚蓝色的澄明
小天使，一个人不要怕……

52

你走后的第三天，鸡蛋花就开了
——春天已经结束
你还在去雪山的路上……

去年落下来的雪在哪里
去年开过的花
还在青苔的院墙后
——我又嗅到了清香寂寞

路过这雨后的山河大街
小天使，我记得你花枝招展
花朵记得去年的时节，立夏了

“我已经学会一个人散步
天黑前回到自己的内心”

有时我也想想群山的阴影
第三天，它们正在消失
我知道你会回来，我知道
岁月如水，流水洗净我们的忧伤

60

走了那么远的路……
只为在清晨重新遇见你
东山上，木棉开始飘絮

如今我放下地图、旧单车
以及世界的伤害
放下灰色的执着与好奇
像木棉无声，放下它的轻絮

……我们走下寺贝通津
经过山河大街，去往幸福
一路上云朵不停地飘过

“就算一切都是水雾虚无
我的眼中，你却如此地真实呵”

小天使，夏天凋尽了飞絮
白蔷薇正沿着道路燃起
——在如来亦如去的香气中
我看见你的爱，它叫做永恒

点评：梦亦非的《素颜歌》是写给孩子的诗吗？还是写给作为孩子的自己？无论如何，贯穿其中的哲理是时间的线性与循环。第27节里的时间是“单行线”，不是西西弗斯的石头，不会滚落山底再被大力推回山顶，它的尽头是澄明的死亡，虽然孤独却并不可怕。第52节里的时间是季节的流转，春去春回，花落花开，“我”知道“你”定会归来，“洗净我们的忧伤”。第60节里的时间既是线性的亦是循环的，既非线性的亦非循环的，在重逢和凋零之间，唯有爱跨越“虚无”与“真实”，“如来亦如去”，是为“永恒”。（顾星环）

/ 慕白 /

绿皮火车

绿皮火车穿过广州天河区
车里有的人睡着了
有的目的地在下一站
有的不知道夜里去了哪里
没有人知道旅行的意义
火车一直往前开
速度并不很快
上车时我清楚地看出它是绿色的
可黑夜中就迷糊了
分不清颜色，犹如我的青春
走着走着就不见了

广州站只是短暂的停留
火车驶向北方，生活并不真在倒退
我爱的人还在睡梦中，她面带笑容
鼻息轻柔，内心宁静，她的睡姿真美呀
一列和谐号动车组迎面驶来
像是急着奔赴来生，呼啸而过
两列火车面目相似，却方向不同
我开始怀疑自己是做梦
在开满紫荆花的广州秋日清晨

2016年11月29日

点评：理查德·桑内特写道："由于运输技术的创新，……旅行中的身体更加舒适。……运动变成了一种被动的身体经验。移动的身体如果越舒适，在社交场合就会越退缩，独自沉默地旅行。"[①]慕白的《绿皮火车》便是写舒适而沉默的火车之旅。果真"没有人知道旅行的意义"吗？抑或是因为"我"不可询问只能观察而逐渐陷入"迷糊"又安宁的臆想？对此，"我"并不想解答，一任自己沉溺于更加迷蒙的有关青春已逝的惆怅。"我爱的人"处于真实的甜美睡梦中，而"我"痴望着迎面驶来的另一列火车，"在开满紫荆花的广州秋日清晨"恍惚进入空梦。整首诗松弛、徐缓，正是桑内特所述状态的文学化表征。

（顾星环）

①理查德·桑内特．肉体与石头：西方文明中的身体与城市[M]．黄煜文，译．上海：上海译文出版社，2011：445.

/ 娜夜 /

看海

那是海鸥
翅膀点击着浪花

那是我们经常用来形容内心的——波澜
也形容壮阔的时代

在祖国的海边
我们谈论往事　一代人的命运

当我发呆　我的手再次被1996年的
某个下午握住
——那没有当即发生的
就不会再发生

那是海底的天空
闪电在潜水

大海使太阳诞生　一跃而起　那巨大的光芒
使天空踉跄了一下
又挣扎着
站稳了

表达

她准确地抓住了一朵浪花
抓住一朵浪花
就抓住了一个大海
抓住了波澜的翅膀　隐约
但值得渴望的
灯塔

——一盏已经灭了
另一盏正在飘

喧哗能看见什么
在寂静的倾听里
它几乎表达了无限

点评：娜夜是善于平衡、综合辽远背景和个体私语的诗人。《看海》里的“波澜”既用以“形容内心”又用以“形容壮阔的时代”。在海边，复数的“我们”谈论“一代人的命运”，单数的“我”深情回忆某个只属于自己的下午。《表达》中的“她”，“准确地抓住了一朵浪花”，于是“就抓住了一个大海/抓住了波澜的翅膀”。眼前的“喧哗能看见什么”？答案是“无限”。这种在整体和细节之间的反复折射，很好地形成艾伦·退特所说的“张力”效果。

（顾星环）

/ 潘洗尘 /

希望他渡过厄难

十几年前
一个手下的员工
骗走了几十万后
杳无音讯

这些年
我无数次路过
他的家乡
都没有试图去找他

其实我心里还是一直希望
他能来找我
如果他来还钱
我就知道
他已渡过了生活的厄难
如果他只是来说声对不起
那也说明他至少渡过了
心理的厄难

点评：《金刚经》第十四品《离相寂灭分》谈及一则关于“忍辱波罗蜜”的故事：“我昔为歌利王割截身体”，“节节肢解”，“我于尔时，无我相、无人相、无众生相、无寿者相”，因此不生“嗔恨”。潘洗尘不是佛，做不到“离一切相”，可在《希望他渡过厄难》中至少抛却“我相”，亦不生“嗔恨”，实属难得。“我”被人骗走巨款，却只愿“他”渡过生活或心理上的难关。诗行简短，但已可见诗人多年来向诗歌等形而上事物借命又予以它们深情回报的因果。或许真的人如其名，尘世历劫，只为一点点洗净俗骨与凡心。（顾星环）

/ 齐乙霁 /

有台风要落

台风过来时，天空在裹一个包袱
它没有撞穿黄河，简单率真
灌满夜晚的暴躁，大街小巷回到毛坯的脸

点评：齐乙霁的《有台风要落》之风格，恰似诗中两个词所形容——“简单率真”。参差三行作品，白描四帧断片，连缀一套场景，展现十足动态：台风从天而降，笼盖海陆；台风长驱直入，可是“没有撞穿黄河”；台风禁锢难耐，左冲右突；台风制造后果，“大街小巷回到毛坯的脸”。在极其有限的篇幅内，开掘出台风肆虐时的庞大气象，不求精微以雕饰，但求精确以传神。（顾星环）

/ 泉子 /

黄江是一条江吗

黄江是一条江吗？
在东莞黄江镇，
我问一位当地的朋友。
他告诉我，黄江得名于
它曾经的浑浊——
那更久远处的流淌。
而一条河流教育了我，
如何通过不断地澄清，
并终于重回最初的秘密。

即是故乡

在黄牛埔森林公园，
那面碧蓝的镜子前，
你突然有一种定居下来的渴望，
你希望能站成对岸岛屿上的
一棵树。
因为你相信——
树都可以长得这么好看的地方
一定是个好地方，
就像一个你愿意终老之处
即是故乡。

点评：王国维《人间词话》认为，在文学创作中，“以物观物”、物我两忘之境更为稀有、殊胜。泉子的《黄江是一条江吗》和《即是故乡》恰恰相反：“以我观物”、我执于物。这种写法相对常见，也较易辞气浮露。然而，作者的“辞气”善于化古知新，不妨适当“浮露”以彰个性。河流“教育”“我”，清澈并非终极目的，清浊辩证方得真谛——此似与“水至清则无鱼”暗合，可作者进一步点明，不断修炼澄清境界，正是为了看懂人的来处和归宿皆难免浑浊。一棵树站成“好看的”暗喻，令“我”顿悟“愿意终老之处/即是故乡”——这似与“此心安处是吾乡”异曲同工，可“终老”比“心安”更宜与“故乡”对称，以见作者笃定的愿心。

（顾星环）

/ 阮雪芳 /

鹦鹉之歌

去海边，看看波浪，将看到的一切抛下，重新开始
去郊野，听听风声，将听到的一切删除，重新录入
去母亲身边，牵牵她的手，摸摸她的脸，将感受到的一切
忘掉，重新记忆

有一种火，洗涤伤口，有一种水
纯真是观察学，野马走进细雨，街道，汽车，远方
世界的玻璃簇拥你，抛向时空虚无

A想法

一颗松果，一个元素
摄影机脆弱的灵魂
探测一群鱼。星辰是乳头
无数的嘴对等阅读
成立方A4纸
记忆在剥洋葱

死亡的手，一块珠宝
兽皮，摇椅
火从上面窜过，一只红狐狸
思维，疯狂的壁画
这些肖像令人惊奇
未被捕获的雪
开始崩塌

她不知道她会爱什么
水在床上翻唱贝壳的历史

听听内胆，冰质撞击期
迷人的星体开始说话
一只蜘蛛爬过月光云母
一根线，拧紧风暴的耳钉

点评：阮雪芳的《鹦鹉之歌》企图从全息角度抛却占领大众思维高地的摹仿论、再现论，祛除海德格尔所反对的“公众意见”，批判鹦鹉学舌般的人生，以重新回归“存在”之“本真”。她的《A想法》则将这种努力碎片化、个体化，用“自动写作”的方式引动无数散点，召之即来、挥之即去，并尝试观照每一个点的物性及其内部先验的澄明。只不过，哲理深奥，思与诗之间如何更好转化，是任何人终其一生都无法完美解答的难题。（顾星环）

/ 商震 /

夜游维多利亚港

维多利亚港非常拥挤
水面是密集的星星
两岸是密集的灯火
船在水面上走
像在太空里航行

我们坐在船上
既勘察了天上的星云变换
也看到了人间的烟火
恍惚间我们成为了
天空与人间的巡视员

天上、地上、水里
都在这条船上
都在我眼中

下船上岸
离开维多利亚港
我们淹没在香港的街道
游客的身份
自然地回到我们身上

迈特村

这是中国大陆的南沿
再向前就是大海
我停住了脚步
习惯了陆地的生活
走进大海
就要改变生活方式

面对大海我攥紧心底的恐慌
而脚下每一粒沙子都很淡定

前面的大海深不可测鱼虾混杂
身后是岸众生嘈杂人间烟火

我无法把自己从肉身中解放出来
就像无法摆脱陆地的生活
一只鹰在我头顶上盘旋
每一声鸣叫都是对我的嘲讽

海的不远处
天空和海面合成了一体
一艘渔船行驶在海面
像遨游在天上

极目远望
想看到一座岛或一个想念的人

让疲惫的眼神得到安宁
然而海的远处是雾
是不可领悟的梦

这片海被许多人阐释过
可他们描述的这片海
都不是我看到的这片海
像我想念的人
是我都没见过的人

此时我站在海边
夕阳已接近海面
那只鹰在泛着红光的半空中
冷峻地飞
我转身向迈特村中走
好像那只鹰一直跟着我
梦一样悬在我的头顶

通往迈特村的小路上
只有我一个人
风也是暖暖的吹拂
突然觉得这条路的亲切
没有人的地方
我感到了无比的安全

点评：商震诗中的主体总是很谦卑，有足够朴素的平常心。在《夜游维多利亚港》中，诗人短暂地成为天空与人间的巡视员，可更自知这幻境只是因为“恍惚”，下船上岸，“游客的身份/自然地回到我们的身上”。在《迈特村》里，诗人对大海充满恐惧，并敏感于自己的无力：“脚下每一粒沙子都很淡定”，“一只鹰在我头顶上盘旋/每一声鸣叫都是对我的嘲讽”，“一艘渔船行驶在海面/像遨游在天上”。然而，当他真的放弃向前，转身折返，又觉得“没有人的地方”比自己惯于依赖的“众生嘈杂人间烟火”更加安全。（顾星环）

/ 尚均鹏 /

空山

暴雨来临，总是以突袭的方式。
雨线直抵路面，犹如星石相击
飞溅一片水花，转眼间化作云烟，
从林间，从谷底，渐渐升腾起来，
先是隐没山头，继而弥漫天际。

我把所有的记忆，所有的爱
早已带上山来，以为岁月空濛，
以为满目青翠都已被我看透，
但现在才知道，暴雨来临时
我所寄居的山野才真的是空山。

这多么像一场远行后的结局，
无人知晓，但我们仰慕已久。

2016年6月6日

点评：尚均鹏的《空山》不空，那里有“所有的记忆，所有的爱”。但是，因一切“无人知晓”，只为“我”一人所默默咀嚼，又经“岁月空濛”，再被暴雨突袭而越发凸显无人之境，所以这山野恍若空山。然而，这首诗令人想起傅雷对艺术所提出的“往深处去”之要求：“我们需要镇静与忍耐”，“深思默省，锻炼琢磨的功夫尤其应当深刻”。①诗歌写作看似门槛不高，却尤其忌讳捕捉到情绪的片鳞半爪便匆匆落笔。即使对于成熟、优秀的诗人来讲，“往深处去”亦是需终身修行的功课。（顾星环）

①傅雷．我再说一遍：往何处去？……往深处去！[M]//金梅．傅雷艺术随笔．上海：上海文艺出版社，2012：29-32.

/ 沈苇 /

金泽

枕水而居，醒来，看见波光里的紫石桥
和消失不见的半镇寺院
檐下灯笼可以熄灭了
梅居士、马博士……这些表情好看的人
日月是亮在心里的
像细雨那样无声润物
昨夜，熊姑娘说起雪域的嘉阳乐住仁波切
供养残疾儿、小赌棍、盗牛男孩
修行者在山洞里一年只吃一袋糌粑……
我没有高原幽谷，只有平原流水
但当一池清潭在初冬的窗外扎根
也足以去供养枯叶朽木、污泥浊水

2020年11月22日于青浦金泽手艺社

点评：诗人沈苇，数十年来长居新疆，几年前亦赴广东拿过文学大奖，但其骨子里，有挥之不去、深深镌刻的江南气质。《金泽》之美润物无声。“枕水而居”的清晨，紫石桥半明，寺院半暗，天光迟迟，因此檐下灯笼亦可缓缓而灭；人的表情浅淡含蓄，内心却包孕日月，正如初冬窗外的一池清潭，虽没有雪域高原修行者的虔诚面目，亦足以多情“供养枯叶朽木、污泥浊水”。沈苇诗中的江南韵味不仅体现在江南意象及它们之间的联系上，更因诗人视野开阔且拥有东西南北各地的阅历，而善于将不同文化对举或对撞，衬得地方色彩越发鲜明。（顾星环）

/ 盛祥兰 /

不断分杈的树

榕树一边生长，一边分杈
长着长着，就将自己
长成四分五裂
分着分着，就将自己
分得枝繁叶茂

懂得分杈的树
也懂得美学原理
每一枝分出去的杈
都漂泊在自己的掌纹里
没有返回的路径

每一阵风起
都是一次历练
它们愿意向雨水低头
有时，它们颤动
并不代表喜悦

点评：盛祥兰的《不断分杈的树》不是博尔赫斯的《小径分岔的花园》，它没有超现实主义色彩和复杂、深刻的思辨性，却如装饰画般清浅，尽管不止于单调的装饰性。榕树不断分杈，既“四分五裂”，又“枝繁叶茂”，同时好似命运的掌纹，亦会随风颤动、向雨低头。作品有兼具动态感的白描风味，亦包涵质直、形象的道理。（顾星环）

乡村生活馆

仿佛过去的和现在的
生活，都在这里汇集
粪筐、风柜、锄头
和摇摇欲坠的桌椅
在遗忘中，被重新召唤
坚定不移地，又来到我们中间

它曾经痛哭，在自己
伤痕累累的苦难中
如今，它从垃圾堆里
被挑选出来，重新
加入了新的合唱
那黯淡的记忆逐渐消失
它的存在，增添了时代的强音

青苔墙

茂盛的青苔和坍塌的墙
他们没有互相遗弃，它们
紧紧地拥抱着，在巷子口
沉默的黄昏里

南来北往的人流和偶尔的车鸣
并不能使它们疏离，它们耸立在
众多的新楼之间，它们对于村庄
就不是在否定，而是在丰富
——一种全新的想法

推土机的轰鸣正在远去
村庄扎根岁月的吐纳
没有被打断。在日新月异的大道旁
它们的存在才是真正的激活

而在不远的过去，拆迁、重建
村庄的魂魄被暴力摧毁
村庄几乎面目全非，几乎
葬身于欲望的铁臂

它们是在老去，却也在更新
它们谨慎地保存着记忆
却又为四周的喧闹提供了平衡
以自己的细微放大了时间的深远

欲望的挖掘机正在外围忙于拆毁
只有它们在默默重建
它们在这小小的一角，企图
把过去和现在、喧嚣和静默重新统一

点评：雷蒙·威廉斯在《乡村与城市》中辩证看待城乡："既谴责城市的风尚和奢侈，但又推崇它的知识和文雅"；乡村是"清幽僻静的生命之谷"，亦饱蘸"寒冷的贫穷"。在评价哈代的"威塞克斯小说"时，他又认为："在哈代的几部主要小说中，经历变化和困难抉择都是处于中心地位甚至是决定性地位的，尽管方式不尽相同。"[①]世宾的《乡村生活馆》和《青苔墙》亦试图"汇集"、"平衡"、"重新统一"乡村和城市及它们所代表的"过去"和"现在"、"静默"和"喧嚣"之关系。身处城乡剧变时期，诗人的心但愿"村庄扎根岁月的吐纳/没有被打断"，可理智告诉他，乡村"谨慎地保存着记忆"是为了加入"新的合唱"。

（顾星环）

①雷蒙·威廉斯. 乡村与城市[M]. 韩子满，刘戈，徐珊珊，译. 北京：商务印书馆，2014：95+106+270.

/ 舒丹丹 /

与海浪鸥鸟共度一个下午

面对大海尽可放弃言辞，
平静或激荡，都有海浪替你说出。
只需走进薄薄的潮水，加入到
那网一般倾覆的鸥声中，
立定，看细浪一遍遍安抚沙滩，
远处一只鲸鱼突然喷射水柱，
撕开海面柔软的蓝绸。
或者踢掉鞋子，当潮水收拢夕光，
与奔跑的影子追逐，
偶尔被贴地而生的海草或贝壳
轻轻扎一下，如同遭遇生活
暗藏的尖刺：一切都是馈赠。
仿佛听从一种神秘的自然教义，
巨大的美与安详将你俘获，
令你噤声，失忆——
没有痛苦值得想起，也没有夙愿
需要许下。直到天空矮下来，
鸥鸟栖落又飞起，为你停留在
一个合适的高度。

2015年8月17日

古村池边独坐

安静得像只青蛙
芭蕉叶举着浓绿的大扇子，苹婆树开白花
几根枯篱围起一畦菜垄，油麦菜
长得倔强。风和夕光从枝叶间穿过
扰不乱一丁点秩序

你可以听见傍晚的晦暗送来各种声响：
墨绿的池水，像个巨大的敞口坛子
虫鼓，鸟鸣，黑蝙蝠扑翅
青蛙跃进古池里——
完美的疏离，完美的幽寂，而你
静笃如一个内心的听戏者

你是你自己的水面
你是你自己的影子
你可以凝视一个神秘的临波照影
也可以随时起身，或掷一枚小石子
击碎水波的褶皱中你自身的幻象
将风的背影留给广阔的黄昏

2017年5月29日

点评：舒丹丹在《与海浪鸥鸟共度一个下午》的开头写道：“面对大海尽可放弃言辞”。然而紧接着，她言语滔滔，从“薄薄的潮水”说到“倾覆的鸥声”，从细浪安抚沙滩说到鲸鱼喷射水柱，从具象的海草、贝壳说到抽象的生活、教义。《古村池边独坐》同样如此。首句是“安静得像只青蛙”，但立刻令人想起松尾芭蕉的俳句《古池》，便已自带音律。随后更有：“你可以听见傍晚的晦暗送来各种声响”。于是，“虫鼓，鸟鸣，黑蝙蝠扑翅/青蛙跃进古池里”直接入诗。这一切看似矛盾，却是借自然以绝世俗：海之描述导向无欲无求，“没有痛苦值得想起，也没有夙愿/需要许下”；傍晚的声响恰是“完美的疏离，完美的幽寂，而你/静笃如一个内心的听戏者”。（顾星环）

/ 苏奇飞 /

在开往广州大学城的地铁上

有那么一刻，我们谈起埃兹拉·庞德，
人群中的脸如绽开的花瓣，
在明亮的幻觉中。
光与影的图像，延伸成
波光荡漾的意识流。
而更多的时刻，
单调乏味的商业风景
在语言的沉默中燃烧：
忍受词的一阵裂变。
曾在即逝，构成此在的
是无数闪光的碎片，
虚美的、非理性的意义碎片

在认知的混沌中闪烁。
有那么一刻，我们谈起西尔维娅·普拉斯，
“艺术的要领，
在于过一种危险的生活。”
在地铁的飞速中，
没有什么比讨论爱情和死亡
更自由，更易陷入
短暂的沉默。

点评：阅读是创作的基础和积累之一。苏奇飞的《在开往广州大学城的地铁上》首先联想到埃兹拉·庞德的名诗，随之而来的是“意识流”，紧接着乃词与物的裂变，然后于海德格尔“此在”概念之外生造出“曾在”，再添上“非理性”的碎片，最后引西尔维娅·普拉斯的观点。他对阅读的热爱可见一斑，这胜过那些看似凭借天赋，却难掩反智本质的“诗人”；但是，诗中生而未化的成分亦多，导致“书袋”之间的联结欠缺，且作品的实际深度远低于字面表达带给人的“期待视野”。今后的创作不妨参透少量理念，贯之以深切体悟，从容书写。

（顾星环）

/ 孙文波 /

乡村巴士纪事

我坐在乡村巴士上一路沿着海边走；
十七英里、玫瑰海岸、上洞村、土洋，
还经过了东江纵队司令部旧址。
每到一站都有上来的旅客；车越挤越满。
一个中年男人，不知为什么一上车
就骂骂咧咧（他说的粤语我一句没有听懂）。
我的注意力一边在海一边在人。车的移动中
海一成不变，仍然是深蓝，
在阳光中轻颤。有几分钟，我能看到一艘大船
一动不动仿佛停在海里，看上去如静物画。
奇异。我心里嘀咕。想到也有人写过坐乡村巴士；
一座热带岛屿，同车的黑皮肤少女，提篮子的
瘸腿老妇，他遗落香烟有人捡到又还给他。

他在飞舞的尘土中感到世界美好并
流下眼泪。我的巴士在没有尘土的沥青路行驶
是另一种景象；有时沿山上坡下坡，有时急转弯。
车上的人都沉默不语（除了骂骂咧咧
那一个和电脑机械的报站声）。只低头玩手机。
没有玩手机的，两眼木然盯着窗外景色
（少女、妇人、小伙全如此）。我就此感到
坐在同一辆车上，我和他们就像有墙隔绝；
他们让我突然觉得坐车是非常孤独的事
——巴士的摇晃中，我的孤独有如大海。

点评：人类总是敏感于“孤独”，在手机被发明之后，这种感受常常更加强烈。孙文波的《乡村巴士纪事》记录旅途中的孤独：车行线条枯燥；车内除了一个“骂骂咧咧”的人和“电脑机械的报站声”外沉闷无语；乘客们要么“低头玩手机”，要么“两眼木然盯着窗外景色”——“巴士的摇晃中，我的孤独有如大海”。但是，大海孤独吗？“车的移动中/海一成不变，仍然是深蓝，/在阳光中轻颤。有几分钟，我能看到一艘大船/一动不动仿佛停在海里，看上去如静物画。”诗中的海满足于沉静，享受甚至创造着孤独。是人类多愁，还是沧海无情？抑或正如痖弦所说：“观音在远远的山上/罂粟在罂粟的田里”。世间万物，各有其长，各得其所。

（顾星环）

/ 谈雅丽 /

重温“深圳速度”

我们来到一个辉煌的展厅——
钢火花，铁水流，把我带到宏阔的
建筑工地，带到1981年的春天
深圳，荒丘湖沼遍布的罗湖小镇

阳光明媚的春天清晨
一支建筑队开进偏僻的水草寮棚
一支士气高涨的精英队伍
一群能征善战的冶建铁军
从勘测、设计、建筑、施工……
他们装备精良、确保每个环节精密高效

来自中国冶金行业的建筑人
满怀信心，决心从零开始
在荒芜的大地，创造“中国奇迹”
他们要用快跑的速度
建成世界一流的国际商厦

夜的灯火照亮轰鸣的搅拌机
黎明的阳光将彩霞涂抹到工地
一身汗水，满身泥泞
沸腾的工地，奋战一群夜以继日的建筑者

第一个排水方沟完成施工
第一条深蓝大道铺设管道
第一座立交桥架设钢筋
第一个商贸大厦浇灌铁骨
春天的光芒，是用钢铁的洪流锻造

包工期，包质量，包安全，包节约
他们用铁的纪律，制定新的承包责任
“提前竣工一天，奖励一万元
拖延竣工一天，罚款一万元。”
他们践行钢的作风，奖罚分明

五天一层楼的建设速度
提前94天竣工完成，质量无可挑剔
施工水平赶超国际标准
冶金人创造了一个新的名词
——“深圳速度”

一座城市的崛起，一个企业的发展
唤起人们对春天故事的记忆
岁月的潮水滚滚汇入蓝色港湾
“深圳速度”的崛起，为改革开放大潮
注入一股强劲的动力

辉煌的展厅，跨越30年的图片展
我看到钢铁的翅膀，在祖国大地飞翔
在锦绣中国梦开端
有我们的钢铁之魂——中国力量

清晨大湾区的海

翻开丰富的一页
这里是金沙滩的海世界
清晨七点，大海刚刚醒来——
阳光一点点升起，光线让海水变蓝

大海不再是单线条的符号
是我身上沾染的渔船气息
胸腔里盈满的浪涛低语
七点的阳光，把温暖移步到世界的中心

凌晨出海的渔船才刚回航
塑料桶里装着金枪鱼，海蟹和海螺
每艘船都保留着大海的馈赠
在浪花绽放的每个瞬间都有人在欢呼

数以千亿的生命从海水中醒了过来
我轻触大海的身体——
它是一只温柔的狮子
在平静的光中发出低沉的吼声

点评：“一首诗的字句是身体的外形，音节是血脉，‘诗感’或原动的诗意是心脏的跳动，有它才有血脉的流转”。[①]谈雅丽的两首诗乃这一观点的良好证明。“深圳速度”是既要“快跑”又要高标的“中国奇迹”，因此《重温“深圳速度”》多处并列使用词组或短语，节奏迅捷，色彩明快；更有大面积排比，突显“士气高涨”的强劲动力。海的关键词是“丰富”，因此《清晨大湾区的海》全面调动感官，可见金沙滩、蓝海水，可嗅“渔船气息”，可触阳光温暖，可听“浪涛低语”和人们的欢呼，最后综合道：“我轻触大海的身体——/它是一只温柔的狮子/在平静的光中发出低沉的吼声”，将中国人熟知的雄狮意象化出新意。（顾星环）

①徐志摩．诗刊放假[M]//邵华强．徐志摩研究资料．西安：陕西人民出版社，1988：173.

/ 唐不遇 /

台风

我们结婚十周年这一天
台风“妮妲”正每小时25公里
全速袭来。我们漂泊的
这座海滨小城，已经历了
许多次强台风——十三年前的
秋天，“杜鹃”就差点
让我送命。我幸运地活下来，
八个月后，又幸运地
遇见你。那一年却台风稀少，
只有一个美丽的热带涡旋
在初夏的洋面上早早生成，
让空气剧烈上升、骤然
凝结，释放出巨大的
潜热，形成超强台风，正面登陆
我的身体。我在午夜葬身于
一片汹涌的大海，黎明时
又像一条鲨鱼一样复活
勇猛地面对咸涩的生活。
我们紧紧相拥的灵魂
构筑了一座坚实、透明、
可以移动的房子，有着逆时针

旋转的大门。我们的心脏
不停地泵着风，孕育
更多的心跳。2008年9月，
我们的女儿带着强台风“黑格比”
穿过你的身体，降临人世，
在黄昏引发百年一遇的
风暴潮，然后又像台风一样
迅速生长。现在，又一个黄昏
我和你走进先行肆虐的
狂风和暴雨，来到那个
生意依旧不好不坏的小餐馆，
面对面坐在靠窗的桌前
吃着纪念日的简朴晚餐：
夫妻肺片，口水鸡，素菜钵。
这是我们生命中第一次
互相凝视的地方。窗外
一根粗大的树枝已经被折断。
我们平静地等待着台风“妮妲”的到来，
就像等待第二个女儿的诞生。

2016年8月1日

点评：中国古典文化视“天地人”为“三才”。三者间的沟通、联结形成中国文学里的众多“原型”。这种神秘传统在物化的世界里，已逐渐衰退，乃至消弭。然而唐不遇的《台风》，隔着遥远的时空，重新与古老的仪轨相呼应。台风不仅是“我”和“你”所共筑的生活中每一关键点的纪念和见证，而且是推动二者关系发展的最主要动因，甚至是催化诗行繁衍的标志性意象。只有“不停地泵着风，孕育/更多的心跳”，方能使旧的时光重现，使诗之结构循环；也才可令新的生命诞生，令诗之力量升腾。（顾星环）

/ 王敖 /

谁也不想尖叫吧

沉溺在水中
水在排斥
一些叛逆的幻想
洗衣机的不规则喧哗
建筑机器重复犯错的噪音
淹没自己的回响
谁也不想尖叫吧
忽视与自己无关的争吵

永远不能看见
自己在虚构的梦
例如在沙滩漂泊
穿越海底隧道
不知去向
在亚马喇前地的圆形地

巴士的过度旋转
巴士的超速驾驶
一些人会感到愤怒
一些人拼命逃亡
塑料袋中晚秋的水果成熟
它们有羞耻的欲望
一些人总害怕被嘲笑
他们停止在红灯面前吸烟

2020年2月28日

点评：《谁也不想尖叫吧》开头姿态坚定："沉溺在水中/水在排斥/一些叛逆的幻想"，第二节起始又是"永远不能看见/自己在虚构的梦"，尾声则写道："一些人总害怕被嘲笑"。但王敖显然既不排斥"叛逆的幻想"，且永远能看见"自己在虚构的梦"，更不可能"害怕被嘲笑"，甚至早已埋伏下随时准备爆发的"尖叫"。他的诗作常常凭借直觉，将表面不相干的镜头拼贴、扭曲，再依靠奇异的内心韵律使之延宕、增速、暂停，或干脆擦除某些片段。可是，在这些令人眩惑的旋涡深处，依然会不经意地透射出对生活的洞察之光，成为各种变形之间的潜在联系。（顾星环）

/ 王单单 /

灰鹳

河流改道。为了倒映
两岸的灯火，它被迫穿城而过
一只灰鹳盘旋在夜空
把高楼林立，当作自己的芦苇荡
而城市，却像一片陌生的沼泽
让它警惕。好几次
它都差点降落了
最终又飞离。我的房间
在酒店的28楼
开着灯，透过落地窗
静静地看着这一切
或许，这只灰鹳
也看到了我，或许
在它眼里，我只是
摇晃的芦苇叶上
被虫子咬出来的
一个缺口

2018年6月14日

望海潮

流水涌上岸堤，不再回头
大海上卸下来的部分
在坑洼中保留了荡漾的权利
它们独立成海，暗通城中灯火
将一个完整的夜，分成
若干个璀璨的倒影。浪
一遍遍卷上来，对应着
给每个坑洼，都安装上
一个涛声。而我面朝大海
背对满城灯火，心中
竖着半截木桩，想拦住
黑夜中卷来的排浪

2018年12月3日

点评：王单单的《灰鹳》和《望海潮》，皆以长久地凝神注视某物并积极拓开思考为基本创作方式。这种凝视必须穿透对象直至背后，而思考必须多维锻打、全面延展，并烙以诗人独特的钤记。两首诗在这些方面的作为均属上乘。此外，它们还有一个共同点，即都写被遗弃之物，同时赋予悲悯。不过，在这两首作品中，主体不与对象交换身份，不做深切的移情或共鸣，而只保持爱莫能助的局外人态度，无限叹嘘又无能为力地旁观。（顾星环）

/ 王夫刚 /

大万世居图景

1

请叫它大万，大万世居
请不要问它方形的围墙上
为什么没有窗子
飞檐上是否还挂着风声
请不要问它乾隆五十六年以后
曾氏和东鲁旧家的
关系：伟大的孔子
始终是他们祖先的老师

2

不妥协的城堡，大地的《史记》
翅膀上拴着蒙尘的春光
门前的旗子没有了
旗杆还在，在没有旗子的
旗杆上，围楼的风
不知道该往哪个方向
吹——不知道该把哪些记忆
从记忆深处唤醒——

3

客家人的都江堰叫作
沙墩陂。月形池塘
曾经倒映着禾坪上的粮堆和青春
旅游者在惊呼，残破
是静止的美回到了生活中
和他们谈论建筑
谈论被拆掉的牌楼不属于风水的
牺牲品，你可接受？

4

实景歌舞像一场光影的盛宴
散发出时代需要的
狂欢味道：这里是坪山
是劫后余生的历史
沿着深圳速度以前的光阴
回到深圳以前；这里是
连接走马廊的炮楼
试图代替警察维持昔日的秩序

5

它有前世属于被忽略的哲学
它有来生越过斑驳门洞
寻找纸上知音——
在大万的街巷里反客为主
我是它的陌路人却珍藏着
如此盲目的友谊
像一个小小的奇迹沿着鼠标移动
试图消解与真相无关的渴意

点评：大万世居是位于广东深圳的客家围村；王夫刚是生长于山东乡野的当代诗人。客家人迁徙自北方的中原；山东诗人“在大万的街巷里反客为主”。这种奇妙的汇通，只因两者的根底和内里皆深深镌刻着古典的道德律。诗人赞颂：“伟大的孔子”始终是曾氏大万族人“祖先的老师”，而这“不妥协的城堡”恰如“大地的《史记》”，即使“残破”亦“是静止的美回到了生活中”，是在当今狂欢的夹缝里“劫后余生的历史”。《大万世居图景》所记录的，便是诗人与建筑彼此相邀、永结“纸上知音”、同销万古“渴意”的心路历程。（顾星环）

/ 王小妮 /

台风

我看见南面的海
呼叫着。
涉海而来的黑狮之群
竖起了生满白牙的鬃毛。

我看见全天下
侧过身雀跃着响应它。
所有的树都吸紧了气。
大地吃惊地弯曲
日月把光避向西北。

我看见不可阻挡。
水和天推举出分秒接续的君主。
那么气派
在陡峭的雷电中上下行走。

山被削成泥。
再削成雨。
遍地翻开金色的水毡。
君主驾着盛大的狮队。
城市飘摇起一只死头颅。

在世界的颤动中
我看见了隐藏已久的疯人。
我的心里翻卷起不安
我要立刻倾斜着出门。

海，抬起
连着天堂的脚上岸了。
在一瞬间
迈过了
这含羞草一样的危城。

狮皮在大洋里浮现。
鬼魂从水的内核里走出来。
只有在这风雨满面之时
我才能看清万物。
活着，就是要等待台风
等待不可知的登门。
从今天以后
我要贴着白沙滑动的海岸飞。
等待台风再起
等待着会见不可能。

盐

海正在上岸，盐啊，摊满了大地
风过去，一层微微的白
月光使人站不稳。

财富研出了均匀的粉末
天冷冷的，越退越远，又咸又涩。
那枚唯一升到高处的钱币就要坠落了
逃亡者遍地舞着白旗。

银子已经贬值，就像盐已经贬值。
我站在金钱时代的背面
看着这无声的戏怎么收场。

点评：在艾略特看来，“测定一种读物是否是文学，只能用文学标准来进行”，但是，文学的更高价值“不能仅仅用文学标准来测定”。[①]从文学标准衡量，王小妮的《台风》和《盐》表情丰富、姿态豪放，而内含神秘的坚韧力量。第一首诗第一节：“我看见南面的海/呼叫着。/涉海而来的黑狮之群/竖起了生满白牙的鬃毛。”好似葛饰北斋的名画《神奈川冲浪里》的绝佳文学传译。文学标准之外，诗中主体长于在狂热气氛中努力保持独立的清醒。一者勇猛仰面，“等待不可知的登门”，“等待台风再起/等待着会见不可能”；一者冷峻背立，睨视横流的物欲，“看看这无声的戏怎么收场”。作者的傲岸人格可见一斑。（顾星环）

①托·斯·艾略特．宗教和文学[M]//陆建德．现代教育和古典文学：艾略特文集·论文．李赋宁，王恩衷，等译．上海：上海译文出版社，2012：149.

/ 文珍 /

我们的大船在上升

“我们的大船在上升。”随之而来的
第一句。自千湖之省出发
经西陵、巫峡驶过瞿塘
四昼夜，终于升至
非此不能通过的彼岸，轻舟万重
“上升的一切必将汇合。”
这原是初遇时互相慰藉的虚空

是夜分处两地
我告诉你同舱的旅伴睡了
正独自在阳台看过闸
闸道内水位持续上升
大船遂浮起。到达指定高度
人字大门缓开，船滑入上层水道
末日应许之地，“像悖谬的天堂，
当在此刻拥抱。”几小时后你回复
那些大天使可以彼此嵌入对方的
身体。它们是透明的，没有性别

夜晚船行甚速。
两岸也不是完全的黑暗，途经众多不知名
亮光，航标和人家
若现的灯塔与水鬼
一同隐入暗中。肉身困于船舱
灵魂凫水一千公里，到黄浦江
万千可能奔流到此
而我们将在入海口错过

点评：抽象是现代诗歌的重要结构之一，它“产生于一种不受限制的幻想，……是纯粹的音调序列和运动序列，能够构造出水平的、上升的、下降的线条，螺旋的形状，交错叠加的尖角”。①文珍的《我们的大船在上升》具有抽象的骨架。大船在诗行间顺流而下，在地理中逆流而上，直至回归“非此不能通过的彼岸”和“初遇时互相慰藉的虚空”；“我”与“你”分处两地，却隔空拥抱，好似两张图案既平行又悬浮交叉；最终“我”的“灵魂凫水一千公里”，奔流到海不复回，但与“你”错过。同时，诗内“肌质”丰盈且充满细节。过闸时缓开的人字大门，絮语里透明、无性别的大天使，夜行中明灭的航标、人家、灯塔与水鬼，皆赋予这段旅程和这首作品亦真亦幻的灵光。（顾星环）

①胡戈·弗里德里希．现代诗歌的结构：19世纪中期至20世纪中期的抒情诗[M]．李双志，译．南京：译林出版社，2010：44.

/ 吴燕青 /

影子比光更明亮

麻鹰盘旋海空白色海鸥低飞海面
白兰地在兰桂坊举杯集体诉讼
黑皮肤黄皮肤白皮肤
英语法语日语韩语广东话普通话
维多利亚海港嘴角微笑
石板街忙碌一群电影人
女主角化清冷的妆演绎
一个扑朔迷离的爱情喜剧片
北角新光戏院京剧演员唱昆曲
骆克道酒吧街扭着袒胸露乳的异国女子
同样是异国男子的荷尔蒙超越酒精浓度
中环办公大厦走出黄皮肤的精致白领
广东道1881里的店铺名全是English logo
唯一的中文命名是溥仪眼镜店
异国归乡她似乎已不认得出生地
蛇和蝴蝶常出没在她的梦境
恍恍惚惚只觉得日子纤瘦月色肥美
对木铜镜梳妆影子比光明亮

游乐园里有一个我的孩子

叶子和花　无语地从枝桠落下
蝴蝶蜻蜓试图逆转地心引力
它们匆忙地慰问一朵花一片叶
小麻雀嘤嘤地叫着姐姐

香港九龙的一个公园
又一个秋天写在了树叶上
阳光比夏温柔了几个刻度
树的皱褶处扬起一曲牧童谣

湖边上一个五颜六色的游乐场
传来尖叫　哭闹　大笑
我想　游乐园里应该有一个我的孩子
是我和秋天一起生下的孩子
他会跑会跳会笑会哭

一个再具体不过的孩子
他在秋千上荡来荡去
他把世界真实地荡到我的眼里
比如树叶和花　无语地从枝桠落下

点评：卡林内斯库肯定雪莱的观点："诗歌的本质是想象，……诗歌之所以必须发挥一种重要的社会功用，……只是因为它激发想象。"①吴燕青的《影子比光更明亮》先叙"她"的出生地在现实中被填满庸碌与媚俗，令异国归乡者感到陌生、失望；后写"她"多年来魂牵故土，梦中的"蛇和蝴蝶"俱近无言独化的诗境，"恍恍惚惚只觉得日子纤瘦月色肥美"更属古典诗情，木铜镜里的文化乡愁之影到底曾照亮游子的心。《游乐园里有一个我的孩子》亦是一曲凭借想象结撰的童谣。诗人越强调孩子"具体不过"、"真实"不已，便越依赖诗语介入无情现实的微妙力量。

（顾星环）

①马泰·卡林内斯库．现代性的五副面孔[M]．顾爱彬，李瑞华，译．南京：译林出版社，2015：113.

/ 吴乙一 /

远方，或伶仃岛

远方是大海。是起伏的波涛
是两张船票
分别写着我和你的名字
是一次又一次的心悸与妥帖
远方。远方是一座岛
文天祥用七言律诗
试了试宋朝的温度和深度
远方是蔚蓝海岸，沙滩上的大雪
是你握在手心的贝壳
贝壳里一声高过一声的海浪
远方是朝阳冉冉升起
遍地黄金治愈了一个人的乡愁
是夕阳落在海面上
回港的渔船摇摇晃晃
我牵着你的手
身后是故乡，是辽阔的风

过零丁洋

出珠江口。风从五坡岭吹来
带着潮湿的腥
江水已不似公元1279年清亮
大臣文天祥甲板上迎风而立
眺望粤港澳大桥
婉转延伸
悲欣交集的命运激荡起伏
我不知道大海如何拒绝
它真的不需要的东西[①]
不知道它如何从浑黄变为蔚蓝
当眩晕一次次袭来
我想到于坚的《只有大海苍茫如幕》
冬天黄昏，我如一粒水珠
航行在茫茫大海
过零丁洋，到外伶仃岛

点评：吴乙一的《远方，或伶仃岛》和《过零丁洋》题材相类，所写的地点亦相近，并且皆在海天之间俯仰思虑、怀古伤今。然而，第一首诗写的是与另一人执手，畅想未来风景，仿佛刚刚伸足探水，试一试“远方”的“温度和深度”，虽对故乡依依不舍，却并不“伶仃”；第二首诗则写出发之后，在冬天的黄昏嗅着潮湿的腥风，独自承受“一次次袭来”的眩晕，回顾“命运激荡起伏”，只觉自己“如一粒水珠/航行在茫茫大海”，真的“零丁洋里叹零丁”。

（顾星环）

①姚风诗歌《大海真的不需要这些东西》。

纪念大陆南端的一次旅途

进入黑暗。这突出大陆的海岬
被茫茫的黑暗之海包裹。热风吹着
我们像四个摸索世界的盲孩子
触到了夜之神经，那四根柔软的弦。
谈话是黑暗中不断到来的光
弹奏着唯一的不伤心。
大地尽头，我们眼中的天使在弦上亮起来。

在旷野，我们寻找中秋前夕的将满之月。
我们落下的城市、河流、船舶和港口
做了黑暗国王的驯顺公主
抱着黑枕头睡去。明天的月亮移过海峡
吊升起我们的未满之心，像巨大的醒。
哦，这日历上多出的一夜，把我们变成自身的例外。

有人在黑暗中赌气说：让万物沉睡
让黑暗永无尽头，让速度比慢更慢一点。
另一个回答：黎明前，我们撵不上天风的回头路。
而没有吱声的那个，在梦里，正赶上一场明亮的海雨。

足荣村之夜

月亮升起来，榕树高大的树冠托举着它。
远处的烟火腾空，又迅速暗下去。在大陆的最南端
我们相聚在一个不会第二次来到的地方。
我们的谈话停顿在半途，
我喝了一半的酒被服务员收走，
那是我刚刚敬过此地的神明的。

我们心愿中唯一的中秋之月，
今夜的月亮最遥远，最明亮，
离海最近。人们的谈话声低落下去时
可以听到海涛声；而天上人会看到
星星没入咫尺之间的海底。我们的家乡一直在下雨，
给我们的心中带来伤感。你坐在我身边，
和别人热烈地谈话，另一个你
却在担忧明天的分别。

这样的一生可以供我们几度相逢？
我们用眼神交换对世界的看法，
记住了彼此无意说过的话。
然后你离开，沿着自己的轨道。
我也回到北方的无月之夜。
这样的人间将被我们记住。

从今后，我不再写关于月亮的诗。
当他们争相向海边走去时，
我抬起头来看看月亮，
我不知道身边坐着哪一个你，
是那个哭泣的孩子，
还是这个在波浪上欢快地飞行的人。

点评：西渡诗如其人，抒情主体温和谦恭，面容平静而身影独立。墨色诗行总是较别人的更为绵长，仿佛无尽的人群，诗人在其间穿梭、交谈，不失明亮，又满怀沉默的隐忧。在《纪念大陆南端的一次旅途》和《足荣村之夜》里，更可见抒情主体的不同分身方式。前者带着“巨大的醒”，灵魂跳出肉身，洞察“自身的例外”，于是“身是眼中人”；后者写悲欣交集、动静分裂的别人：“我不知道身边坐着哪一个你，/是那个哭泣的孩子，/还是这个在波浪上欢快地飞行的人。”但是，焉知此人到底是诗人知己，抑或是诗人自己？（顾星环）

/ 向雪 /

巽寮湾

公路上的车，脸都朝向海。
海的皮肤如毛发的分叉，
我们的犹豫是一只造成拥堵的海鸥。
礁石还未来得及形成镜面，
天空已游满浮云。
光带来了眼睛，留下一个光的子集，
即使明亮得可以映照花的魂灵，
我也可以剥夺它的自由，
轻而易举地让它，
只能看着色卡的中心：
蓝色向虚空处排列，上升或下降，
洁白的小岛暗自飘雪，
航线在此聚集，
全世界的路升起不相连的岛屿，
手掌或眉毛，都长出了冰冷的山陵，
海水扑打着深绿的寂静，
只因这一终点，
也是起点。

点评：拼贴，不仅是后现代主义思潮影响下的艺术技巧，更可能是作者面对人、事、物时真实的印象和反映。向雪的《巽寮湾》以“拼贴”结构全诗，令人目眩神迷。但是，拼贴也好，后现代也罢，绝非不着边际地信手成章。否则，对于创作而言，势必滑向“言不及义，好行小慧”的虚浮境地；对于阅读来说，则极易在任一个诗行的空隙里神思游离、放弃接受。再好的天赋，也必须经过后天的精心打磨，方能成器。（顾星环）

/ 肖婷芳 /

湾区的小记

晨间，珠江边
倒映的光影之间勾勒出生锈的栏杆
迷蒙的轻雾牵引出晨跑的背心大爷
那潺潺的珠江水
融进了城市从残破到繁华的印象
现代化的玻璃橱窗里
仍旧贮藏着炽热的灵魂
夜幕间斑斓的霓虹仿若少女新装初成的亮片
这城市啊，时刻拥有着最青春的活力
就像她不曾苍老

城际间穿梭着的有轨电车
是在特定区间行进的音符
或许城市的底色是包容的橙色
最先进的科技与巷子的烟火气同存

在清晨汽笛的回音里，望着轮船驶向破晓
漂流瓶在苍茫的挟裹中，找到了方向
电流试图以最快的速度追赶着启程的航班
高铁从苍翠的春驶向熟黄的秋
闪烁着的渔家灯火
是平凡人民对湾区的礼赞

点评：肖婷芳的《湾区的小记》题为“小记”，其实使用的是比较主流的赞歌写法。从城内的晨昏写到城际的交通，从“最先进的科技”写到“巷子的烟火气”，直把橱窗、霓虹、轮船、电流、航班、高铁、渔火等的春华秋实写尽，所述全面而充分，最后以“平凡人民对湾区的礼赞”作结。总体朴实切题，收束简洁昂扬，较生动地诠释了大湾区城市所拥有的少女般的青春活力和颇具包容性的“橙色”热力。（顾星环）

/ 晓音 /

霜降

我从南方到西南方
一个多小时的航程
气温竟然就从摄氏30度
下滑到摄氏9度

这种骤然变冷的天气
让我突然有些伤感
返程的飞机
它将要回到温暖的南方

而我和它的方向
恰恰相反

总会有一些花朵要向往彼岸

早晨的太阳
穿过窗户
轻松地铺在地板上

这如我昨天夜里的梦
黄色的花儿
开在褐色的大地上
远远的山坡上
一片一片的森林
簇拥着，由来已久的
相亲相爱

这样的梦
无数次地进入我的夜晚
黄色的花儿飞升
在太阳即将到来的时刻
色彩斑斓的梦
在每一个夜晚
和白昼交替的瞬间
总有一些人会如那些花朵
向往彼岸

明媚的阳光
山川，河流，沙漠中
连砂粒也会在风中歌唱

黑色的，白色的，
黄色的，棕色的人啊
请停下你们焦灼的脚步

面对太阳
人类应该互致一声问候
早上好

点评：晓音的《霜降》和《总会有一些花朵要向往彼岸》两首诗，均对“符号”特别敏感，可谓作者特色。前者所聚焦的，是方向、时间、温度；后者则尤其关注颜色：“黄色的花儿”“褐色的大地”“色彩斑斓的梦”“黑色的，白色的，/黄色的，棕色的人”……只不过，在多样的符号之外，尚需足够充盈、丰沛的诗情、诗思，方能使符号的星星之火燎遍诗歌之原。

（顾星环）

/ 谢冠华 /

白鹭，白鹭

1

想起之前收获的绮霞
飞越山海天际
风起时，这个秋天意味深长
另一边，夜色柔滑、纯净
意象的光影泛起米香
很久了，没有人这样
用轻唇吮吸大地暗藏的光

2

那刻，琴声漫过肩胛
高亢时抵达发梢
低吟处，停在唇边的蓝
更蓝

3

我试图握住那把声音——
从开始，阳光沁入果壳
光年之外寂静的行旅
中间是多汁的凝视与对白
群山高擎炽热的掌心，欢快无比
到后来，如果有后来
它该是一阕赋得永久的慢词

4

湿地演绎了宇宙之力
磅礴而冷峻
有关躯体与灵魂
生命变奏里有坚强如水的相爱

5

你加入燃烧的海岸
用洁白的灵视，用羽翼
展现那段华美的飞翔
而所有的词，止于抚摸
止于水中盛开的火焰
秋光绵绵
我们是群峰之上浩瀚的星语

6

一条河，流入另一条河
正如，一只掌心握住另一只掌心

7

众多意象可赋予你
尤其钟爱那一只——
白鹭，白鹭

点评：谢冠华的《白鹭，白鹭》气韵缥渺，意境高远，诗情俊逸，总体风格十分唯美。可惜的是，倘若细观局部，会发现抽象的形容较多。譬如，写秋天“意味深长”、群山“欢快无比”、湿地“磅礴而冷峻”、飞翔“华美”……都不如将对象情状具体化，用尽可能形象的语言描述出究竟如何“意味深长”“欢快无比”“磅礴而冷峻”和“华美”。否则，易流于姿势的陈列、摆设，而缺少真正击中人心的触点。（顾星环）

/ 谢湘南 /

深圳早餐

我想到念青唐古拉山上的鱼骨和马里亚纳海沟的黑炭
我拖着疲倦的躯体走出工厂大门看一轮太阳
　升起然后花一枚镍币买一碟炒米粉和一勺子白菜汤
我咀嚼匆匆行走的上班男女的脚步与垃圾装运车
　和送早报的摩托擦肩而过
我双眼布满血丝大脑残留着昨夜的清风和打工妹
　的嬉笑，身边是红树林是候鸟的住地是苍雾的
　海是冒烟的工厂是高速公路是疾驶的汽车的尖叫
我想起克鲁亚克的《在路上》和艾伦•金斯堡的《嚎叫》。
　拧开收音机此刻没有广告和流行乐
我得给未来打个电话问问天堂的消息，我回到宿
　舍打得一桶清水冲洗身子一遍一遍地擦，窗户
　开着对面是香港
我赤裸着身子，香港，香港，我们面对着面……
我的躯体得到舒展我听到炒米粉和白菜汤在胃里
　蠕动，晚安！我的老板，我的白天我的黑夜我千
　百次地祈祷进入梦乡

1997年

葬在深圳的姑娘

仙桃　重庆　长沙　新兴　宁波　安徽　河南……
你们有着不一样的籍贯
你们在别处出生，不约而同
来到此地，来到榕树　木棉　荔枝
簕杜鹃　旅人蕉　美女樱　柠檬桉
生长之地，来到另一个
生命的起点

没有人知道你们怎样生活过
用怎样的感情投入这片土地
此刻你们用微笑
静立在墓碑上
那是一个凝固的光影
是太阳也躲着的一团磷火

你们身体，活泼的流动
曾在这个城市的街巷里穿梭
是制衣厂　玩具厂　电子车间　柜台前　写字楼内
让人心颤的气息
你们或许曾成天加班
或许在城中村的一个楼梯间，热烈地
吻过自己的恋人

在夜班过后的食街中用一个甜点　一串麻辣烫
来安慰曲折的肠胃
此时你们的耳边响起的仍是工地的桩声
是车轮滚滚的流逝

珠链滚入不同的白天与黑夜
青春戛然而止
生命的刻度在城市的表盘上取得一个终点
火热成为与你们无关的事
你可能的理想随同身影一起模糊
你是否还有未了的心事

城市灯火凝视可能的亲人
此刻你们真正成为亚热带的一株植物
在城市的外围
与夜露为伴
或许你们在夜晚还会来到城市上空散步
而这城市已认不出你
那条米花色裙子，用水冲洗三次之后
不再有汗味的发夹

2009年11月11日

点评：谢湘南的诗歌大多视点下沉，关注底层，充满强烈的人文关怀精神。而且，作为曾经的打工者和后来的读书人，他善于在一首作品中同时展现两种视角，并探索糅合二者的可能。这两首诗的缺点亦较为明显，即在深度上满足于罗列现象而放弃沉潜的省思，在广度上执着于叙述苦难而罔顾复杂的人性。相较而言，晚写十余载的《葬在深圳的姑娘》比早年间的《深圳早餐》在成熟度和丰富性方面出色，可见作者孜孜不倦的自我砥砺。（顾星环）

/ 熊曼 /

奢侈

当一大片田野被安置在窗外
整个春天我得以偶然地
参与它的生长
目睹它一点点
从荒芜到美好的样子
从点到面，从面到片，从片到无穷尽
我说的是野花
它们如油画一般鲜艳
如历史一般悠久
我感受到一只手
在暗中指挥调配着它们
但我看不到它
因为不甘心
整个春天
我更加目不转睛地看着窗外
不愿意错过一丁点变化
和声响
有时我也走进去
在它们中间坐下来

大海

大海容纳了游艇，捕渔船，尖叫
粗大的锚和来历不明的垃圾

容纳了一对外地夫妻贫贱的爱情
他们漂泊半生，直到在海边安顿下来

容纳了落日下攒动的人头，空瘪的肚腹
在捕鱼船归来的时刻，迸发出欢呼

还有什么是它不能容纳的？当我两手空空
来到海边，作为沧海中的一粟

也只是为了看看，那种一览无余敞开的美
一种可供日后回味的心惊

点评：不是所有女诗人的作品都具备明显的女性特质。但是在熊曼的《奢侈》和《大海》里，同时可见温厚的母性光泽和纤薄的少女气息。整个春天，“我”像孕育者一般见证并参与窗外野花的生长，“不愿意错过一丁点变化/和声响”；可“有时我也走进去/在它们中间坐下来”，感受大片野花的拥抱与呵护。与之类似，“我”能够体味大海“容纳”一切的襟怀，对“那种一览无余敞开的美”感同身受；可“我”蓦然反观自身，“两手空空/来到海边，作为沧海一粟”，微渺、柔弱的灵魂已预知“可供日后回味的心惊”。（顾星环）

/ 徐东 /

北方来电

在南方，有许多话
不知该给谁说
有时面望着熙攘的人群
对谁也不想多说
朋友从北方来电话说
下雪啦，下得好大
你应该有几年
没有见过下雪了吧
是啊，我真想回到北方
静静地踏一次雪
仅仅是那么一想
心里就突然一热
好像北方纷纷扬扬的
大雪中，站着一位
孤零零的少年
在望着我

点评：杜甫《秋兴八首》其五尾联：“一卧沧江惊岁晚，几回青琐点朝班。”以卧病之晚岁深情追忆壮年时的短暂风光。张爱玲《半生缘》最令人泪下的一句是：“我们回不去了。”徐东《北方来电》里的“我”亦然。如果仅因隔着万水千山，那么回去并非不可能；但时光一去不复还，“只是当时已惘然”，曾经的少年孤零零立于大雪中，与现在的“我”相对无言，满腹愁肠，唯余无奈；更何况，同往昔相比，眼下“不如意事常八九，可与人言无二三”，便更觉“回不去”的最让人留恋、难忘。（顾星环）

/ 杨克 /

云端交响曲（组诗）

工业的未来是智能化高端，数据库的未来是云端
让我们在云端上提前预约未来

——题记

在华强北遇见未来

此刻你我经过这里，像粒子
穿越中国这台巨大的加速器
华强北是它小小芯片

熠熠生辉的电子元件
云时代撩人心扉的钻石
镶嵌黄金地段

脱离重力一蹦突破大气层
高手纷纷抢占制高点
一览天下小
每一片玻璃
都是看世界的现代之窗
随手摘一颗星
高科技的黑莓新鲜欲滴

而未来的某一个时间轴
复活的冷冻人，与冷冻卵子孵化的男孩
于此相遇，谁是玄孙？谁是隔世的高祖？
猛犸象基因培育的胚胎
在硕大的人造子宫里复活
来到孩子们中间

引力波链接百亿光年星系
我与宇宙里无数个遥远的我
人机交流，而月亮的真相
想象力在唐朝就提前抵达

恍惚中，我们从十维空间
再度重临曾经的世界
戴上多D炫彩眼镜
我看见暗物质，周围如此精彩

人工智能美少女
蜜桃臀甩动一双飞毛腿
快过纯血马和猎豹

那个绝顶聪明的店员
肉体凡胎
他脑袋里的电极正翻阅秘籍

利用纳米对时空进行切割
童年的你，少年的你，青年的你
还有中年的你

多体的你我，往返
虚拟与现实的星际

2020年8月27日

亲近大国重器智能燎原

繁星静寂，崇明岛、长兴岛、横沙岛
守护着货物和集装箱吞吐量最大的城市
此刻，长江的巨尾一甩
来呀，大国诗歌！来呀——

这才是大上海，高楼堆金，摩天的灯火叠玉
来呀，吴淞码头和洋山深水港，来呀，大国智造
钢铁最笨重的身躯，机器最精致的面孔
置身于巨无霸龙门吊下
在板块对冲、棱角切割、镜面弧线的金属辉映下
渺小的我，浑身热力躁动
像一根电缆，体内火花四溅，电流吱吱作响
眺看工厂的核心区域就像仰望星空

来呀，第一套六千千瓦火电
来呀，第一台双水内冷发电机
来呀，一万二千吨水压机
来呀，镜面磨床，核电机组、大型曲轴、超超临界机组
它们是一根根粗壮的肋骨
支撑起大国重器虎背宽肩的高大身躯

一颗螺帽就有六吨，拧紧笼子
套住机械怪兽的嘴巴，不让它蹄子撒野
来呀，这个永远的金刚青年，机械销售的长跑冠军
健步如飞。胸肌发达，肺活量吞云吐海
扛起重型装备、电梯、机床，核电反应堆堆芯
扛起燃气轮，水轮机，联合循环机组
扛起风电旋转叶片，电站环保设施，来组装
一颗超级大城市的心

精密仪器锦心绣口
比花针轻巧。比头发丝细微
机器人一点儿都吵闹喧哗，工厂静如处子
比白纸干净。蓝红黄绿紫深蓝
不同颜色的路代表不同主题，来呀
核电、冶金、船舶、矿山、石化、交通
我们把大国诗歌的词语也变成装备
每一句都是机械类品牌，来呀，来呀

2020年10月27日

龙舟竞渡

河面上的水流像倒伏的青草
龙舟昂起的头，如高头大马

策马扬鞭，凌波的女骑手
正在渡江，乘风破浪的还有凤艇
与龙舟齐驱于东江之上
飒爽英姿一击鼓女子，身后十四名桡手
又像一条巨蜈蚣
转舵、划水，过万江与道滘
沙田、洪梅，望牛墩
鼓声锣音不断，桨片翻飞
无人机仿佛被龙舟抬了起来
屈原与五千年乡愁凌空蹈虚
一路热闹如抢亲

点评：将冰冷的科技写成诗歌实属不易。杨克的组诗《云端交响曲》之优胜处并不在于从反向化百炼钢为绕指柔，而在于使百炼钢更加硬朗，从正向把诗情不断推向高潮。为此，该作品选字喜用开口呼，同类词不避连续并列组合，句式多反问、感叹、排比，且不乏振聋发聩的激情召唤（如反复跃然纸上的“来呀”），意象明亮，叙事宏大，整体气势滚滚向前、畅达无阻，是弃置优美而推崇壮美的热烈、雄浑之作。（顾星环）

/ 杨庆祥 /

芒果认识论

在松山湖的沿岸，一棵一棵芒果树
相连。我认真数了数，最后还是没有数清。
多年来我习惯数树，仿佛数过一遍，
它们就长在了身上。

11岁在去南京的轮船上买了一罐芒果汁，
因为太贵，我和叔叔各喝一半。
我知道他故意少喝：芒果补钙，你在长高。
我将多余的一饮而尽，转身将易拉罐抛入长江。

20岁之前我不认识芒果。我一直以为它只是
土豆的升级版，不过比土豆更华丽：
我不能突破的芒果认识论之一是：我坚持认为
烤芒果比烤土豆更有营养。

在松山湖我数到了8，18，39，51，我一直数到
一位姑娘在芒果树下起舞，她裸露腰肢，以
斜睨的眼光打量我满身的山水，我们的脂肪不一样：
她的是芒果，我的是腐肉。

在松山湖的芒果树下，我数芒果，数到了一个
圆润多汁的0。

2018年6月

夜宿英德九州驿站遇雨

杨庆祥

董事长不过是枚驿丞。他在树上建屋。
毕竟，我们曾做过树人和鸟人，
只是现在忘了，但经验还有迹可循。

英德不是英国和德国，九州也不是天下
九分。它是我们探访的，在一段高速公路
拐弯的山野。

礼失而求诸野。这是圣人的自救还是
圣人在古典失眠中的自罚？毕竟圣人
只有一个，而现在的疾患，几无妙手回春。

哎呀呀，鸟也好鱼也好蝴蝶也好，总之都
比人自由那么一点点——
智慧的刻度其实就是那么一点点。

稀月照泉水，微雨满山林。
我又看见多年不见的美少年，
赤脚拂袖而去了。

2018年6月

点评：接受过现代化的高等教育，而执迷于“求诸野”、返璞归真，是杨庆祥的《芒果认识论》和《夜宿英德九州驿站遇雨》所折射的智性光线。松山湖的芒果不计其数，但作者只深情追忆11岁时初喝芒果汁后“转身将易拉罐抛入长江”的狠心决绝和故作潇洒，诚恳坦言20岁之前对芒果的崇拜与误解，于是乎，数芒果变成倒数人生，直至“数到了一个/圆润多汁的0”。与此类似的，“英德不是英国和德国，九州也不是天下/九分”，“董事长不过是枚驿丞”，而“我又看见多年不见的美少年，/赤脚拂袖而去了”，甚至渴慕重新做回“树人和鸟人”。

（顾星环）

/ 杨碧薇 /

下南洋：开平碉楼里的女人像

鹅黄色灯笼袖洋衫，水蓝色搭扣皮鞋，
鬓边斜插过一支荷花发簪。
胭脂当然少不了，
寂寞的红，只有我能诠释。
书房里已布好静物：
蕾丝桌布、马来锡果碟、鎏金咖啡壶。
我理顺裙带，坐在木椅前，
模拟陪嫁带来的青花瓷瓶，
面对镜头，从容地摆拍惜别之情。

昨夜入洞房，今日合影，明早他下南洋。
这是我的命。
它迈着猫步一寸寸蹑来时，
我嗅到脉脉的温情里，杀人心性的毒。
“杨小姐，你刺绣作诗、下棋鼓琴的佳期过去了。
从今往后，你是一个人的妻子。
你要服从无影手的改造，从头到脚贤良淑德。
不可任性，不可让三角梅开到围墙外，
不可擅自想象与情郎私奔。”
我在心里嘲笑这道圣旨，若我大声说不，
它会当场捆绑我，为我量刑。

为了更大的自由，我用上齿咬住颤抖的下唇，
说“好”“我愿意”。
所有人都很满意，将漩在我眼里的泉，
进行了正统的误读。

出阁前，我的私塾先生敬老夫子说过，
要学会蔑视。
此刻，从西洋照相机吐出的光里，
我已寻不见蔑视的对象。
流离涂炭的南洋不能为我巩固道德正确性，
流奶与蜜的南洋也带不来幸福。
我必须独自去追寻那道行在海面上的光，
这一生，我为它而来，也随它而去；
我在它里面靠岸；其间看过和演过的戏，
皆可忽略不计。
那么今夜，我会为陌生的新郎官，
做一碗红豆沙，以纪念我们浮生的交集。
想到这些，快门声响起时，我的梨涡就转动了。
我越笑越动人，还看到百年后，
从云南来的年轻女游客。
她站在开平碉楼的照片墙前，
捻着命里同样的刺藤，敞开肉身让我的目光洞穿，
而我的笑已回答了一切。

点评：波伏娃的《第二性》第四章《女性的形成》、第五章《处境》，以成长时间为序，依次分析女性一生中不得不扮演的所有角色。杨碧薇的《下南洋：开平碉楼里的女人像》所述正是女性从“少女”向“少妇”的转变，以及前者身份的瞬间冻结。与西方女性相比，中国旧式妇女身负的道德绑架更多，因此诗中的“我”追寻自由之光的勇气和胆识更令人钦佩。只是，这种追寻到底是身处21世纪的年轻女诗人一厢情愿加诸其上的，于是“女人像”尽管光彩夺目，却停留在稍显扁平的相框之中。（顾星环）

/ 姚风 /

写给澳门的情书（节选）

岗顶剧院

亲爱的，我爱这剧院苹果绿的颜色，它让我想起你在二月春风里穿着的裙子；我爱剧院镜厅里那一面面镜子，我看见每一面镜子映照的人都是你，都是我们。还记得吗？我们一起在这里观看了《蝴蝶夫人》，而一只蝴蝶，穿过你的泪水，它的寿命竟然比这出歌剧还要短暂。爱情不是鲜艳而枯萎的标本，因此你不是蝴蝶，更不是蝴蝶夫人，你是一只快乐鸣叫的鸟儿，在我笼子里飞翔，因为我的笼子是寥廓的天空。

卢九花园

用一道黄色的墙，隔绝人声的喧闹和汽车的尖啸，我只想和你在这座城市里后退，再后退，退到这座花园里，退到一块石头的后面，退到一棵大树的年轮里。我用你的眼睛凝视一滴滴雨水如何从竹叶上滑落池塘，在水上写下一个个音节；你用我的手指拾起一朵飘落的凤凰花，插进你的秀发。其实你就是一座花园，而我是花园的看门人，我必须用鲜花绿树才会记住你名字，我必须用水滋养火焰才不会熄灭。

谭公庙

很久以前，我离开大海，脱掉鱼鳞，开始在大地上爬行匍匐，后来两腿直立，为摘取树上的野果子果腹，再后来我成为人，狩猎捕鱼，时至今日，我一日三餐，不可无鱼，但我从未在乎过鱼的死不瞑目，从未听到大海的哭泣。假若大海一条鱼都没有了，那大海将是人类的贫穷。亲爱的，让我们祈求谭公也保护那些漏网之鱼吧！如果再一条鲸鱼搁浅，我们要合力把它推回大海，而不是把它的骨头制成一只龙舟。

点评：乍一看，姚风的《写给澳门的情书》应是“关于澳门的情书”，因所写对象似为另一个“你”，澳门只是背景。可在《岗顶剧院》中，“你在二月春风里穿着的裙子”恰有“剧院苹果绿的颜色”，“我们”一同观看的《蝴蝶夫人》恰在此处举行亚洲首演；《卢九花园》更加直接，明言“你就是一座花园”；在《谭公庙》里，“我”与鲸鱼合体，“我们要合力”将搁浅的鲸鱼“推回大海”，而非“把它的骨头制成”庙内那只龙舟。因此，“你”即澳门之化身，写给“你”的情书便是“写给澳门的情书”。这样迂回曲折的写法，被设置在散文化程度颇高的诗行中，显得更为婉转、缠绵。（顾星环）

/ 叶由疆 /

临窗

直走，左转，在不坠落的同时，你会
看见太阳，它在西边，大，而且明亮

街道旁，楼房被涂上金色的光，你遇见
金丝猴的叫声，鸟儿从林中飞起
慌不择路的上午，你盯着
自己的倒影，白云间的爱人，其他的
均被抛诸脑后

只需要行走，想象，键盘敲击着水面，只需要
行走，淌着泪水，念念有词，身体
就越来越轻盈，倒影还在空中，你发现
窗台边的水仙花已经枯萎
只需翻出窗子，直走，左转，叶子
也随即松弛下来

如果空气和海一样澄净，那就请睁开眼睛
可以修剪好发梢，但别低头
忘掉那些恩泽会让行动更加便利
翻出窗子，我们大可不必喊出自己的痛苦
那时歌声不会坠落

点评：卡尔维诺在《新千年文学备忘录》里谈论“轻”的价值：“有些时刻，我真感到整个世界都快变成石头了：一种缓慢的石化，视乎不同的人和不同的地方，进度有所不同，但生活的方方面面都无一幸免。”然而，“文学作为一种生存功能，为了对生存之重作出反应而去寻找轻。”[①]无论在生存还是文学范域，“轻”与“重”同样重要，可是“轻”往往被严肃的生存者和文学家所忽视。叶由疆的《临窗》重新发掘“轻”之美好。在这首诗里，仿佛万物都“不会坠落”，“只需要行走，想象，键盘敲击着水面”，只需要“淌着泪水，念念有词，身体/就越来越轻盈，倒影还在空中”，生存和文学双双暂离痛苦。（顾星环）

①伊塔洛·卡尔维诺．新千年文学备忘录[M]．黄灿然，译．南京：译林出版社，2009：2+28.

/ 易翔 /

古船木栈道

一艘船开到了山崖上
当它被废弃，不能在大海中航行
它的身体被拆解成一根根登山木
现在正载着我往高处攀登

蓝天变成一片汪洋
白云变成一朵朵浪花
幻想中，它还在向着远处开进
我还能听见它身体里的激情

作为大海的遗民
它已在另一个海洋里荡漾
但不再靠岸，站在船头眺望
我等的那个人，终生也不再回来

火车停留的地方都是故乡

火车慢慢地从远方走来，长长的身子
穿过白天的光线，探进了黑夜
惊醒路边的草木，萤火，和虫鸣

火车在大大小小的站点停下，又开走
有的地方繁华，有的地方贫瘠
但现在都只叫作一个名字：故乡

火车多么幸福啊，装满一厢厢乡情
将一些脚步卸下，来不及多停留
喘口气，又不知疲惫地向着晨曦奔去

点评：自20世纪初“语言学转向”以来，“差异”越来越受到人文类从业者的重视，历经一路沿革，甚至成为后现代主义的思维基石。易翔的《古船木栈道》和《火车停留的地方都是故乡》却反其道而行之，以对“整体”的偏好回归一种传统格调。古船被废弃，被拆解成登山木，但山海一体，俱可供它“荡漾”，它始终载着人们向远处“开进”，“我还能听见它身体里的激情”。火车昼夜奔忙，在各色站点“停下，又开走”，“装满”又“卸下”，但“火车多么幸福”，因每一次暂留之地“都只叫作一个名字：故乡”。（顾星环）

/ 游子衿 /

那一年的广州

我还记得那一年的广州
我们从海边归来，在深秋的广州
停留了一天。早上
我们出发去一个地方，一路上
我们看见了广州街头
所有的景象，也听见了
所有的喧嚣，铺天盖地终至寂然无声
我们中间，有的人因为相爱
而相拥在一起，有的人在说话
有的人在听。出租车停下
在那一年的广州。我们亲密无间
在我们到达的地方，我们找到了
所要的东西，把不要的留在那里
直到下午五点
分别的时刻来临……

我还记得当时的情景
我们一一拥抱
泪水禁不住在心里流
我还记得那一年的广州
我走着，走在我们中间
我走着，走到了告别的时刻
我走着，走到了告别的地点
那一年的广州。无声的
没有尽头的广州，雾中的码头

2005年2月26日

点评：反崇高、平面化，用客观镜头般的视角冷静记录一切，在中西方都一度是文学创作的时尚，亦曾染上一定程度的先锋色彩。游子衿的《那一年的广州》便可归入此类书写。但是，无论如何节制、缄默，镜头的暗示必自成语言，甚至越是客观、冷静，越能以开放性姿态吐纳万千。而该诗洋洋廿余行，细读之下，却未免失之单薄。所幸结尾处“无声的/没有尽头的广州，雾中的码头”仿佛朦胧的空镜，为整首诗增添些许余韵。（顾星环）

/ 余丛 /

微物之神

想想，这被错过的春天
该发芽的种子已加工成粮食

想想，这兀自散失的闪电
并没有勾引来恶狠狠的惊雷

想想，这风有风的翅膀
而大海有大海磅礴的眼泪

想想，这沙漏里的流沙
只是时光机低伏的沙尘暴

想想，这操之过急的胆小鬼
正在把一头猪训练成狮子

想想，这微物之神
这日渐迷失的花团锦簇的故土

点评：《金刚经》第三十品《一合理相分》认为，三千大千世界与微尘均非实有，世界更非众微尘的合相。余丛的《微物之神》所思考的正是天地间最微不足道的细节，及其和宇宙洪荒之间的关系。前者“花团锦簇”有时，“兀自散失”有时；后者“磅礴”却并非空洞，“低伏”却未必无力；而前者或许促成后者，或许使后者相形之下更显荒谬；后者可能包孕前者，亦有可能与前者迥然不同。诗人言说两者间错综复杂的种种情状，俱以“想想”开头，发人深省。（顾星环）

/ 余笑忠 /

过梅关古道

一曰梅岭，一曰梅关
总之是古道
前有先人，后有来者
总之是过客
“梅止行人渴，关防暴客来”
暴客防不胜防，暴客背后
必有暴君或昏君
溪蟹只随流水。梅花从无立场
苦寒就苦寒吧
瘦马就瘦马吧
暗夜尚有微明
不在天际，而在古道上
嵌入的白石

2016年5月30日

乌迳新田村古井

大榕树下驻足，凭它的千年树龄
我不可在树下高谈阔论

我看到残垣断壁，那些好看的木雕还在
像泥泞中闪光的纽扣
有人蹲下身去，恨不得撬起石板路上
两块宝贝石头

村中阿婆让我们歇脚小坐
我留意到墙壁上有一小黑板
粉笔写下了一个人的手机号
和对应的名字：李诗婷
这名字让我眼前一亮，好像我们误入
某个电影明星的旧居
而所有的乡村女孩，都乐于
叫这个名字

我看到村中那口古井了，而所有的深井
都像古井
我看到它内壁的青苔
和它举到井口的蕨草，那蕨草
有别于地上满眼的杂草，有别于千花百卉
我还能说什么呢
让千山万水低头的，唯井水而已

2016年6月1日

点评：胡适在《文学改良刍议》中论“八事”，其中一条曰“不用典”。《过梅关古道》和《乌迳新田村古井》则更进一步——“反典”，先破原典后立新意。梅花自古象征高洁，然而作者只觉“苦寒”云云无关痛痒，反倒是“梅止行人渴，关防暴客来”的楹联证明“梅花从无立场”，无论妍媸，任人赋义。“天际微明”乃固定搭配，但诗人写道：“暗夜尚有微明/不在天际，而在古道上/嵌入的白石”。杜甫的《望岳》里有名句：“会当凌绝顶，一览众山小。”山水因被人征服而俯首。可作者偏说：“让千山万水低头的，唯井水而已。”余笑忠的诗有一股兀傲之气，喜欢“陈言务去”，因而容易成就戛戛独造的风格。

（顾星环）

/ 余幼幼 /

二〇一四年

二〇一四年夏末
整个城市向东移了五公里
所有人等待着它复位
只是都站在偏东的地方

音乐把我们聚集起来
从各自的房间走向大脑的空白
走进一片雾中
看水滴逐渐连成海洋

有人说大海早已存在
仅需借助风力
就能从北方吹到这里

他们确实来了
带着从海中捞起的浪花
在手中搓出各种形状
我们循着水的纹路
找到了他们的鞋

他们湿漉漉地站着
更像是浪花捞起的人
我们没有对视
任凭拥挤的人潮
把目光弯曲
在可见之处荡漾

他们一会儿斜着
一会儿飘着
仿佛在刻意摆脱重力
而我们即是那些
未曾下降的水滴
没有连成海
就连海的模样
也只是想象

我们原地躺着
把想象力无尽地扩大
致使每一秒都用来确认
我们早已被淹没
海水早已从身体里
过滤了出来

点评：余幼幼的《二〇一四年》尽管晦涩，可是结构的脉络和反讽的意味依然可辨。愚者冥顽，并在茫然中连缀成海；更“有人说大海早已存在”，且随风而至，不依赖此地愚者的聚集；但是“我们”与众不同，即便被迫“把目光弯曲”，仍然希望“在可见之处荡漾”；甚至“我们”是“未曾下降的水滴/没有连成海/就连海的模样/也只是想象”；或者“我们”亦被大海淹没，然而“海水早已从身体里/过滤了出来”。桀骜不驯的主体形象跃然纸上。

（顾星环）

/ 玉珍 /

过广州

在这儿住着永不死的夏天
还有我四五个
温和的叔叔，龙眼味的风
木瓜风，靓仔们
单车后的风
在我车窗外微笑
伴随噼里啪啦的暖雨和
拖鞋下的奔跑与它并行的
朴素的快乐
在这儿住着激动的繁华
但人们都朴素
在我的车窗外夏天急速后退
下车后我想去找我的姑姑
我的姑姑
那个像包租婆一样朴素的妇女
在家里带孩子
我饱吸了一口丰饶的
茂密的
绿的空气
伴随一点儿灰尘和阳光
穿过最高的天桥
驶离湿寒的湖南
我忘不了这个地方的骄傲
因为热烈如此像一种青春

现代的舞蹈

一些城市在
自然的边缘之上
退隐着歌唱
另一些
跳着现代的舞蹈
旋转
托举
提前进入
下个世纪
我两者都需要

野生的诗意
在丛林山巅中
必须有
大功率的理想
照彻黑暗

接近我们的梦
我们夜中的太空

点评：梦想照进现实是振奋人心的。玉珍在《过广州》和《现代的舞蹈》中记录了她亲身进入大湾区城市后的激越心情。“繁华”“现代”“包租婆”等是造访之前从二手资料上得知的符号；当真正“接近我们的梦”，方发现这城市在“噼里啪啦”的“热烈”里还深藏“温和”与“朴素”；并且，“在这儿住着永不死的夏天”，仿佛永驻的青春，足以“旋转/托举”更多梦想直至“太空”。

（顾星环）

/ 育邦 /

豹隐

——读陈寅恪先生

万人如海，万鸦藏林
瞎眼的老人，困守在墙角
独自吃着蛤蜊，连同黑色的污泥
几瓣残梅，从风雪中飘落
劝慰早已没有泪水的双眼

愤怒的彗星燃烧起来
冰川化为虚无的云朵
尘埃与岩石匍匐在轰鸣之中
抱守隐秘的心脏，从未停滞的钟摆
低声哼唱青春的挽歌
坠落的松果，指引他
骑上白马，驰向大海

树木，高山，种子
抛弃根茎，静候
纯粹时刻的到来
严峻的墓地，他葬下
父母漂泊已久的骨灰
和一张安静的书桌——
仅仅属于他自己

负气一生，山河已破碎
他从茫茫雪地里，拈起
一瓣来自他乡的梅花
在历史的纤维云团中
蘸着自己的鲜血
磨斫时光的铁砧
火的深处，正生长出
一个浩瀚的星座

寂静的夕阳，最后的悲悯
赋予毁灭以光芒
故乡的花冠开始歌唱
辽远的歌声中，他辨认出
自己的童年，以及
秦淮河中柳如是的倒影

致东荡子

我想起你四十九岁的暮年
去年的雪不在今年下

瞧，我们白菊的脸庞
飞出黑蝙蝠的女儿

大海埋藏岁月的幽愤
你的胡子仍高傲地翘向星空

点评：育邦的《豹隐》和《致东荡子》俱为怀人、致敬之作，且所写对象皆与广州有不解之缘。这两首诗充满浓烈的浪漫主义精神，气象宏大、壮丽，又埋藏诸多知识分子特有的幽愤。作品均蕴含古典的道德律，从而与恢弘语势相互映衬，形成沉郁顿挫的风格。只是，绝大多数的此类题材作品都难逃一个通病，即因悼亡而模糊客观性、繁复性，冲淡人的多重面目与立体身影，于是，类型化写作必然导致同质化结局。（顾星环）

/ 袁绍珊 /

回音壁

露面的雕像，不分畛域
众生在口罩里自言自语
像一座座回音壁

蝉与蛙声
支撑了整个夏天的天人感应
以一泡粗茶度苦夏，度孤寂

感染数字不增不减
凡间不垢不净，爱不生，不息
雪回到雪原，水回到冷泉
雨滴敲着大海的鼓面
天地是一座回音壁

莲花听见，一切低声的秘密
一切困顿，一切如胶似漆
结成一池安慰的果实

边境关闭，缘聚缘散如云
森林、花卉、岩石与野菌
听到希望之音

菩提听见，一切疏离的秘密
微风以一叶渡海
天地以无常，度众生

快照亭

金属疲劳的周五适合反抒情
一道闪光，二度灼伤
请顺手，带走那些挤成一团的亲昵
连道具也是多余的
在最靠近幸福的瞬间，我们总是闭了眼睛

一道帘子，掩藏孤独的鬼脸
粗颗粒的时间，倒数着一张四格的画面
借我希望借我镣铐
借我造作与顺其自然
投币重来
还是失去温度的吻拍坏了的人生
露齿不露齿
反正，他们都判定我是不合格的女人

所有证件挂着中世纪祭坛绘画的眼神
状态：未婚；病历：单身
重复曝光和卤化银胶片
光泽的特殊药剂
包裹完美恋人和情深一片
修整得面目全非的数码时代
我们决心做冷冽的产物，拨云见日
膜拜错误、缺憾，直至所有瞳孔
充满不确定与不诚实

金属疲劳的周五适合一事无成，适合快件加急
适合独自前来，坐姿端正
适合选择删除，适合伪装情侣
适合强颜欢笑，凝视空虚
适合对世上那个
唯一能包容我所有不完美的人撇撇嘴

点评：《回音壁》和《快照亭》皆用喻体为题，但都远远超越单纯的隐喻，而以名物笼盖四野、包容众生、囊括诸法。回音壁的秘密是言听一身，所以，人们“在口罩里自言自语”，“蝉与蛙声/支撑了整个夏天的天人感应”，“雨滴敲着大海的鼓面”，俱为“一座座回音壁”。回音或孤寂或呼应，都使万物归位，适得其所，聆听一切并结成“安慰的果实”。快照亭的属性在于“判定”，判定“希望”“镣铐”“造作”与“顺其自然”，判定盲目的幸福、失败的性别……对此，诗人厌倦透顶，决定“膜拜错误、缺憾，直至所有瞳孔/充满不确定与不诚实”，即使“对世上那个/唯一能包容我所有不完美的人”，也只想“撇撇嘴”。袁绍珊的诗在略显清冷的博大底色上涂抹狡黠光泽，风格独具。（顾星环）

/ 远人 /

大鹏湾

这里原来布满坚硬的石头
时间的手，耗费亿万年的光阴
终于腾出这块空地
海水涌进来碰撞
你想过去走走吗？沿着这片同样
被风化成细沙的滩涂
海水被看不见的力量推动
尘世里没有哪种力量如此旷远
你在潮水上久久看着远处
那里汇聚着无穷的简单
汇聚着无坚不摧的力量源头
我们在它改变一切之前来到这里
眼前的海滩、树木和沙石
它们本身就是变化的产物
它们只有一个属于此刻的此刻
你说眼前的一切很像一个梦
或许我们，就是万物所做的一个梦
它积蓄如此长的光阴
将这里摧毁成一个海滩
就为了把我们梦见，为了我们站在这里
眺望一个古老而永生的奇迹

巽寮湾海滩

这是一片海滩
这是一个夜晚
这是从远处涌来的浪花
它们喧阗，互相鼓舞

这是一个父亲
这是他的妻子、儿子
这是你，望着漆黑的深处
暂时忽略了我

我也望着远处
望着低低的海
望着月亮
它最尖的部位钩着一朵黑云

我们现在站在这里
那些追赶我们的、拦截我们的
那些想致我们于死地的
都躺成一个圆周，无限地铺开

生活消失了
它成为另一种生活
短暂、迷人，它让我放弃一些思想
放弃对生活的无数请求

你说你想留在这里
我也想摆脱约束和严酷
我想拔出我身体里的每一枚钉子
能扔多远就扔多远

然后，我们继续散步
我继续牵着你的手
海水退下去，让出广阔的沙滩
我知道我们已不可能得到更多

点评：《庄子·齐物论》有言："不知周之梦为胡蝶与？胡蝶之梦为周与？"在《大鹏湾》里，"坚硬的石头"化为海滩，海滩又正在变成其他事物，"它们只有一个属于此刻的此刻"。"我们"梦见沧海桑田这一"古老而永生的奇迹"；反之，"我们"亦是"万物所做的一个梦"，被海滩等物梦见。在《巽寮湾海滩》中，生活"追赶"、"拦截""我们"，甚至"想致我们于死地"；但"我们"亦可"放弃一些思想"，"放弃对生活的无数请求"，"摆脱约束和严酷"，拔出"身体里的每一枚钉子/能扔多远就扔多远"。远人的两首诗昭示了主客转换的辩证之美。

（顾星环）

蓝贝壳

一生中所有鲜亮的，都留在海心
大海给予我波浪状的爱情
如今，空荡荡的胸腔，不宜再摆渡心事

原谅我对一只灰雀的一无所知
原谅我在一群灰雀中间　抑制不住流泪的冲动

大海没有捧出全部的浪花
就像我说不出——一个完美的结局

一生多么虚妄，我深信的蓝
碎成金黄

2018年9月15日于赤柱海滩

沙

作为伤痛，它碎得最为彻底——
不能再渺小了。裂痕交还给风
浪涛交还给海

它是空的容器——

五月停在头顶，它轻易就唱出
黄昏的歌声

此刻，它收获了荣光，几个赤脚的孩子
领着它。回家。

2018年5月14日于赤柱海滩

点评：咏物短章，是中国自古以来的经典诗写形制之一。在中国新诗史上，即便是特别擅长驾驭宏大题材的艾青，也写有《礁石》《珠贝》《鸽哨》《启明星》等借物喻志的抒情小诗。云影的《蓝贝壳》和《沙》承袭此类流脉。前者为自述，衰老的贝壳回顾一生中所有的“鲜亮”与“虚妄”，以及不完美的爱情；后者为旁叙，作者描写沙任凭命运将之抛向“伤痛”或“荣光”，但最终收获归宿。（顾星环）

/ 臧棣 /

香炉湾入门

绷紧的阳光像海豚的早点，
虽然有点硬，沙滩的臂弯
摸上去却像金驴的下巴。
延长线上，风筝啃着风的蓝骨头。

再远一点，激动的白帆像水果刀
插错了地方。一排棕榈
正撑开新的记忆，时间的味道
借自大海是大海的庙宇；

那剥落的，不过是波浪
吞咽波浪，消化永恒的唾液。
假如有例外，那必定是热带的群星
以你为诱饵，垂向波浪的乳房。

一旦放慢脚步，外在的东西
一下子多了起来。甚至
紫烟就能让紫烟的真理分神。
最醒目的，含羞的花岗岩渔女的

肩膀上，有海鸥的粪便，
也有海鸥的爱情。而那高擎着的，
硕大的珍珠令我们的假象蒙羞，
却意外地，助长了我们的天真。

2016年10月29日

竹湾海滩观止

荡漾的反光来自开阔的海面：
哪里还用得着纪念碑，
甚至氤氲也难不住；带着巨大的落成感，
风景一边将自然的宁静揉碎在
生命和现实的对峙中，
一边将隐藏的自我从宇宙的迷宫里
像热带果汁一样挤出，迅速融入
慢慢醒来的琥珀色酒液。
从岩石上往下看，一个男人穿着沙滩色泳裤，
正走向浅海中一个无形的深渊；
但用不着担心，因为地狱也会出错；

只有碧蓝的骰子因为波浪的拥戴
像是从未出过错；更何况忧天的资本里
已被扔进了一个燃烧的瓶子。
伸手可及之处，粉色三角梅挽着
橙红的木槿，虚构一个大胆的热情：
此刻比所有的未来更符合
人性已被各种借口充满。
感谢上帝，并非出于一个清醒，
我依然不可能满足于我们的迷惘
有时已比我们深刻太多。是的，
如果抽对了雪茄，缭绕也能
将一个秘密的复活卷入高潮。

赠冰释之　2019年11月5日

点评：臧棣的诗类似于印象派的画。如果凑近了细读，是无数似乎不相干的色块、光斑，有时甚至设色大胆、用光突兀；只有慢慢推远，隔着一定距离，并让神经稍稍松弛，方能观赏到调和、生动的画面。相较而言，《香炉湾入门》的笔法多凭借直觉，写所有意象都依靠眼前静态的第一印象，确乎带有一种“天真”气；《竹湾海滩观止》则在动态感更强烈的图像中插入对生与死、“此刻”与“未来”、“人性”与“上帝”、“迷惘”与“深刻”等的思考，层次繁复、“缭绕”，逐渐“将一个秘密的复活卷入高潮”。（顾星环）

/ 泽平 /

麋鹿

迷路的时候
忽然看见了麋鹿的眼睛
像山岗上偶然的雪，有点冷
带着不能转述的晴朗和干净
像白云，从深冬的什么地方
蹦跶出来，昭示着一个下午的无限空阔

而此刻林中没有雪
我们之间，仅仅隔着三棵黑桦树
有那么一瞬间，我们互相注视：
这陌生旅途中突然的震烁

但我知道，很快我们就将分别
回到各自的世界。是的，我们存在
但终将消失在彼此的视野。仿若傍晚的云彩
变幻着，走向闪烁的不能言说的深渊

点评：泽平的《麋鹿》以谐音“迷路”二字领起，其后却离弃这一技巧，转而连续使用“通感”以联觉。“麋鹿的眼睛/像山岗上偶然的雪”，并非出于视觉缘故，却是因“冷”而有“晴朗和干净”之感；麋鹿的眼睛亦像深冬的白云，则由于其“昭示着一个下午的无限空阔”。而当“我们”结束对视，彼此分别，“回到各自的世界”，“仿若傍晚的云彩/变幻着，走向闪烁的不能言说的深渊”，又复归视觉引动的无边遐想。（顾星环）

/ 曾欣兰 /

画梅

大地原是一张白纸
上帝将万物画在其中
困顿与死亡都是苍白之物
仅有的红艳，置于花瓣之上
为了这些事物的血性
每天的烈日，挣扎成夕阳

在南方，没有一场雪带来冬季
你用斜枝划分冷暖的序列
——画下的梅花，也不是谁的隐喻
春之弃物，唯沉默可以倾听

凉亭记

——兼致安石榴

原以为，三月会有小雨
阻止一段旅程
从城市到小镇，你如箭羽
拉满时间的弓弦
这是你的另一半命运？
莲花塘、宋庄、五羊邨
你以不安之书，探知究竟
早在去年，你开始筑起篱墙
修复钟表，只等闲月

在带光的夜里，我们围坐
谈论豆荚花的香泽
小雨泡在微光中躲闪
成为园子里的一角布景
凉亭上，园艺师已盖起瓦片
我们举杯，薄酒取代功名
而此时，夜幕是一片宽边叶子
缓解下坠之势，让雨滴
退回彩虹的自身

点评：曾欣兰的《画梅》和《凉亭记》皆有一种倒叙或镜头倒放之感。一般认为“梅花柳眼先春发”，梅是春的预兆和急先锋，指向阳光和煦的未来；然而，在作者眼中，梅是“春之弃物”，被迫提前至乍暖还寒甚至隆冬腊月之时仓促开放，“唯沉默可以倾听”。俗语道“雨后彩虹”，有苦尽甘来之意；但是作者剑走偏锋，设想彩虹恰为雨水存在的理由和原动力，因此要“缓解下降之势，让雨滴/退回彩虹的自身”。（顾星环）

/ 扎西才让 /

珠海记（组诗节选）

1. 背景

我们在珠海边
的河堤上
留影
近处　是喧嚣
的海水
远处　是孤零零
的港珠澳大桥

5. 海景房

钟建平先生带我们
去看一平米五万
的海景房
从高楼上　可以
看到令人心旷神怡
的日月贝景区
钟先生以诗人
的口吻　说——
“此房一到手
你便拥有世界”
我以俗人
的心思　想——
“此房一到手
世界将拥抱我”

点评：扎西才让的《珠海记》俗白而富生趣。所选的第1节《背景》只有寥寥数行，写“我们在珠海边/的河堤上/留影”，可是更重要的是背景：近处的海水运动、热闹，远处的大桥静止、冷清。诗风可谓“质直”。第5节《海景房》更是百姓思维，通篇烟火气的经验和日常性的实话。作者不屑矫饰，不肯做作，唯愿秉笔直书、直言不讳而已矣。（顾星环）

/ 张执浩 /

失眠听雨声

雨在空中是没有声音的
我们听见的
都是大地上的事物
对雨的反应
及时，精确，七嘴八舌
雨落在树叶上
树叶打了个激灵
雨落在凉棚上
凉棚发出脆响
我听见过的最奇异的雨声
是雨落在雨上的声音
同样的命运反复叠加起来
汇成了命运的必然
有时候雨行至中途
会有风加入进来
原本要落在蔷薇花上的
结果落在了桑树上
这么多的大叶子树
和小叶子树
都在雨中跳荡
有人看见了悲伤
有人看见了欢喜
但没有人能看懂天意

2020年

地球上的宅基地[1]

我的侄子整天开着他的大卡车
把地球上的物质运来运去
通常是些石头、煤块或沙子
这里的坑刚刚填平了，那里
又会出现一座更大的坑
因此我几年才能见到他一次
时光在飞驰，他的车
越换越大了，但车厢再长
车头里面只坐了他一个人
通常他半夜回家，把车停
在院子门前，不用按喇叭
两条狗就从角落里跑出来迎接他
漆黑的夜空，漫天的繁星
他钻出驾驶室仿佛从空中
跳上大地，开始有些不适应
但随即就明白了家的意味
卡车在夜里熄火之后变得特别黑

①引自陈小三诗《父亲》。

高大的车轮散发着橡胶味
我的侄子在黑暗中掏出烟
总是他父亲先于他点燃打火机
两颗烟头凑近又疏远
我在遥远的城市之夜也能看见
这一幕：两颗烟头在夜色中
凑近了，又疏远
没有什么比它们更明亮
更能让我看清那块宅基地
在此生的尽头一闪又一闪

2020年

点评：张执浩曾在广东荣获“华语文学传媒大奖”，颁奖词认为，其诗品质“简朴”，语意“本然”，“生命的圆熟与诗歌的纯然互为一体”。他较新的作品《失眠听雨声》和《地球上的宅基地》延续了朴素的言语风貌，并更精确地抵达生命本质。“雨在空中是没有声音的/我们听见的/都是大地上的事物/对雨的反应”，开门见山便是习焉不察的真谛。此后“惊奇”感不断叠加，逐层深入地揭晓命运的必须与偶然。另一首诗镕裁得当，述侄子的烦嚣事业只择选昭示实质的关键点，写其夜半归家却尽显烟火细节。狗如何迎接、“他”如何“从空中/跳上大地”、车轮的橡胶味、父子的点烟和吸烟，“两颗烟头在夜色中/凑近了，又疏远”，家才是一生的起初与归处。（顾星环）

/ 张尔 /

距离

穿过几条长短不一的隧道，
天空渐蓝，汽车顶窗将郊野的风
拉近脸颊，你柔软的汗毛金光灿灿。
午后，太阳又绕开前院，云影
投向暗褐色礁石，海浪声涂抹
着身体，像裹上一层忧郁的蜜。
有一条幽径远离并通往墓地，
我们从未走过。绿道环布群山，
徒步客曾小心地为他们的同伴凿下印记。
五至十公里外，一处老所城
被朝圣观赏，外地摊贩也在
附近兜售干货和采集日益零星的鱼鲜。
再远一些，两个城市的分界处是一座核电站。

2014年

八卦岭札记

每天，工业区的青年才俊们
乘坐观光电梯
挤入卡机鸣奏的云雀中上下运行

透过雨露冲刷的茶色玻璃，世界
形如一枚哲学吊钟
它激进的钟摆

每撞击一次，阳光
便趁势嵌入大地的针缝
直至，天际吐露虎牙

人亦如虎，一副形意拳，也呼啸着
将教育击溃成折损的书卷
残页的毛边

篮球架下，那个马尾激荡的美少女
侧过胸脯，她颀长但保守主义的两腿
依旧秉持着，永恒

且神秘的尺度。看呐，从少年手中
脱单的皮球，正往那泥泞的车顶
充足地泄气，颓败地回旋

2017年3月29日

点评：张尔的《距离》犹如一幅不动声色的风景画，诗人气定神闲地一笔一笔绘制晦明各异的场面。而其数年后创作的《八卦岭札记》使图画变成多声部叙述的电影。工业区的上下班枯燥乏味，但诗人将“青年才俊们”乘坐的交通工具视为“观光电梯”，又将电梯进一步喻为“卡机鸣奏的云雀”；世界时而沉闷，却仍然有“激进的钟摆”，阳光借着它的撞击“趁势嵌入大地的针缝”；与此同时，人在社会上习得的“形意拳”，又“呼啸着/将教育击溃成折损的书卷/残页的毛边”；最后，少女“马尾激荡”，可“两腿/依旧秉持着，永恒/且神秘的尺度”，致使少年的皮球“充足地泄气，颓败地回旋”。（顾星环）

/ 张贝儿 /

碉楼

碉楼，在开平处处可见
街边。十字路口。步行街。
风景区。我家门口。
在开平人眼里，看见碉楼就像
看见水里的鱼，平凡且熟悉

我也去过风景区游客看的碉楼
在小学秋游时，我在里面
丢了一瓶水
找到水之后，一位姐姐拍了拍我的肩头
说我的书包开了，我扭头一看，哇
地哭了出来：零食全丢了！
这是我对碉楼的记忆　记了一辈子

碉楼是一位老乡　朝夕相见
他是潮流前线的金山客
是扎根侨乡的古董老头
青砖伪装着钢筋混凝土式的心
看到挂在墙上的黑白照片，第一反应
阴森。再者，是莫名的熟悉感
他还是一位老兵　身经百战
灰黑的墙面布满时间带走一半的洞洞勋章

历史的碉楼不在书上
在开平人的口中　卷子里　还有石碑上
在长河的那头，
他大禹一样地挡住洪水
武松一样打倒贼匪
在潭江这边　他老了
随着入海口
笑眯眯地拥抱探望他的
从各地归来的　船　车　和人

点评：开平碉楼是世界文化遗产、全国重点文物保护单位。然而，再如何享誉中外的著名建筑，在本地人眼中都似“平凡且熟悉”的亲人，看见它们就像“看见水里的鱼”。即使企图带上游客心理去观光，最后牢记不忘的仍是日常情味。如今，曾经“挡住洪水”“打倒贼匪”的碉楼日益衰朽，变成“古董老头”或者“身经百战”的“老兵”，“笑眯眯地拥抱探望他的/从各地归来的”船、车和人。（顾星环）

/ 张二棍 /

大湾区行走记

1

这么多年，我还是不明白
催促一匹匹波涛，奔向海岸的
是热情，还是勇敢
在大湾区，一座座花团锦簇的城池
不分昼夜，都在收纳着
大海的洪荒之力。所以我明白
大湾区为何足够热情，也足够勇敢

2

浪花易碎，波涛难老
这一次，大海依然念着旧情
用尽气力，扑向了虚长一岁的我
想起去年，在另一处地方，也是这样
大海，一次次向我陈述：
大湾区的每一朵浪花，都是老友
大湾区的每一座城市，都有新意

3

海边，有人向我兜售首饰、乐器
和摆件。它们是用鱼骨、贝壳
以及珊瑚精制而成……这些来自大海
深处的东西，美好但并不昂贵
在海底深处，会不会也有
一座繁闹的集市，穿梭着诸多
鱼群和贝类，它们会不会也
兜售着沉船、帆布、海盗遗落的首饰
乃至古往今来，那些罹难者
被精心加工过的身体

4

海水如此动荡，仿佛安装着
永不停歇的马达。像极了
大湾区的人群，永不止息的奋斗

点评：常年跋山涉水的“打工诗人”张二棍，写起“花团锦簇的城池”也十分朴实。《大湾区行走记》第1节专注于大海和城市的能量守恒。大湾区“不分昼夜，都在收纳着/大海的洪荒之力”，所以亦如大海一般“热情”和“勇敢”。第2节收拢视角，注视自身，眷恋着海与“我”之间的“难老”深情。第3节释放想象，由人世的商贩推演海底的集市，趣味盎然。第4节回归大海和城市的关系，点睛出大湾区人群的奋斗。语言浅易，照顾周到，可见一颗诗心的淳厚。

（顾星环）

/ 张慧谋 /

岭南，那么近

1

听你，在雨中
在芭蕉叶上，在雨滴跳跃里
你的气息，你的韵味
一支弓把你拉满，又把你推远
雨打芭蕉，雨打芭蕉。

打伞的人在雨下
老屋的瓦面在雨下
小街小巷在雨下
芭蕉在雨下。一支曲子
风吹老瓦，月照蕉田
一支弓把你拉直又拉弯
你在弦内，雨在弦外
岭南，那么近。

2

划一叶木舟，来访你
你一河烟水，两岸古榕
谁在瓜棚灯下细说沙白？
十亩蛙声，无边夜色。

你在哪？一句又一句桨声在问
你在哪？阡陌纵横交错
我该左走还是右拐？
池塘遍布，拱桥都一样的老面孔
庭前院后倚着河涌或菜地
偶尔一声狗吠，似答非答。

岸边一盏渔火，水中一盏渔火
若要问路，是问水里的？还是岸上的？
如果来，就选个雨天
因为雨，是你的全部，唯一的词根。

你在哪？也许不再重要
因为我来过，告别是必然的
因为我离去，你也不会改变一些什么。

点评：张慧谋的《岭南，那么近》极具古典情韵和岭南风味。该诗的关键性意象俱与水有关。第1节完全围绕“雨”展开，更以“雨打芭蕉”点出广东音乐；第2节则历数“木舟”“古榕”“瓜棚”“沙白”“蛙声”“桨声”“池塘”“拱桥”“河涌”“渔火”等傍水而居的各色风物。语言层面多用并举和对偶，亦不乏重章叠句式的复沓；兼以细声问讯，悄语温存。总体意境淡远悠长、随性自然。（顾星环）

/ 张骥 /

新年天河速写

元旦前夜，于时间首尾端坐，像一粒种子
等分针和秒针谈上最后一场恋爱，就准备开花

从影院走出，像原始人离开洞穴
思想的火把留在荧幕前，燃烧仍未播完的剧情

白鸥轻吻倒影，舔舐珠江尚留夕阳余热的皮肤
广州塔的腰肢，被水面不安分的波纹肆意抚摸
一对男女的灯下影，在起伏的鸣笛声中眩晕

分不清名字的广场，翻腾着肉眼可见的繁华
好奇心和这夜幕一般，在错综的街道间一步步放大
楼层间孕育的“海洋世界”，孕育出“西西弗书店”——
惊喜始终出现在下一个转角

灯光即是新年的脉搏，每一次变换就是一次跳动
中信大楼在远处亲睹“太古汇”的狂欢，像是窥伺——
一张美丽的少女侧脸。也似害羞般扬起嘴角

这个世界，确实只在重要的节日里
与戴面具的人流——勾手点头

一切事物，在新的一年保持新鲜
包括在时间面前陷入被动的你我

点评：时空转捩点尤宜入诗。张骥的《新年天河速写》描绘广州的元旦跨年之夜。“于时间首尾端坐，像一粒种子/等分针和秒针谈上最后一场恋爱，就准备开花”；“未播完的剧情”随它自己燃烧，因“惊喜始终出现在下一个转角”；灯光这“新年的脉搏”正在不停歇地变换、跳动。一切新鲜事物都处于冲刺阶段的酝酿。但是，作者亦敏感于另一些事物的照旧：“这个世界，确实只在重要的节日里/与戴面具的人流——勾手点头”；而“你我”在时间面前、即便在新年面前，依旧只能“陷入被动”。（顾星环）

/ 张战 /

佛山祖庙端肃门上的月神

如果没有太阳
月亮怎么办
如果它不再是一面发光的镜子
嫦娥要坐在哪一块石头上梳头
它如何能在夜晚驰过天空
如果它只是一匹黑马
那么多星星将成为路障
嗒嗒嗒地叩击着它的马蹄

幸好太阳把暴烈与焚烧留给了自己
把柔软慈悲留给了它
女人们更愿意对着月亮叩拜
当灶火已熄
衣服叠好
碗盏洗净
深夜无人的瓜棚下
女人们久久地仰望它
如望见自己的泪眼

假如它真是一只白兔
被捉到笼子里关起来
啊不会
它轻巧地逃离
落在了佛山祖庙的端肃门上

女人们保护它
给她穿上自己的衣裙
戴上自己的翠镯
她满身瓔珞
眉目含笑
嘴唇欲动
微微侧着身子
轻举着一只白玉盘

那也是
女人从自家厨房碗柜中拿来

南风古灶

此刻它从山上探下身子
这火龙安静匍匐
仿佛熄灭的闪电
有时在它的胸腔
火焰依然嘶吼
大海压低了回声

进入那狭小的入口
进入那火的炼狱
找寻啊，找寻到我的爱人

当她肉身辗转无依
被烈焰的旋风挟裹

她的灵魂冰裂
在那1000度的高温

不怕啊，不要回头

无非是交出我们最后的柔软
最后一丝水润

无非是在颤抖中碎裂
你和我又掺合在一起
重回到泥土

可是当火焰终于清凉
那龙尾高高擎起榕树大伞

你是一盏紫釉灯台
我是一只绿釉水罐
我们干硬坚实
满身裂纹
却再无缝隙能渗出泪水

点评：伍尔夫曾引述一个著名观点："伟大的脑子是半雌半雄的，……只有在这种融洽的时候，脑子才变得非常肥沃而能充分运用所有的官能。"①《佛山祖庙端肃门上的月神》写步下神坛的女性。月神是"柔软慈悲"的镜子，女人们久久仰望，"如望见自己的泪眼"；是逃离樊笼的白兔，女人们保护她，"给她穿上自己的衣裙/戴上自己的翠镯"，她轻举的那只白玉盘也是"女人从自家厨房碗柜中拿来"。《南风古灶》却尽显阳刚之气。在"火龙"的胸膛里，"火焰依然嘶吼/大海压低了回声"；"我的爱人"，"她肉身辗转无依"，"她的灵魂冰裂"；两者"在颤抖中碎裂"，"又掺合在一起/重回到泥土"，尽管结局难逃无情的分离。张战拥有雌雄同体的灵魂。（顾星环）

①弗吉尼亚•伍尔夫. 一间自己的屋子[M]. 王还，译. 北京：生活•读书•新知三联书店，1992：121.

/ 郑小琼 /

穿过工业区

高大的厂房，这些时代的巨轮。鼓荡着
时代的风景，城市豹子的歌声，钢铁迅速
定型成轮状的、块状的，或者细小的元晶
燃烧着时代浑厚的气息，它们即将
——进入车站、海港、货厢车、远洋轮
抵达的是北美、南非、欧洲或者东京

时代之铁之铜之金之塑胶之布匹……
在这里铸、镶、熔、剪、裁……定格成
生活需要的肌肉，丰满而有力的肌肉
带着这个村庄的体温，以及它亚热带的智慧
在车床、刨床、模具、注塑机、缝纫机上洗礼
剪断，成型，它们的尺寸、光亮反复地检验，
成为轮子、螺丝、胶片、玻璃镜、衣袖……它们
反复在寻找、组合、完整，成为不分离的夫妻
兄弟，父子，成为汽车、电脑、时装、鞋子

它们印上“MADE IN CHINA”，沿着丝绸之路
或者郑和之洋出发，带着瓷的精致，绸的柔软
一个沿海村庄的激情，从流水线、机台出发
带着外乡女工青春的温度，一个搬运男工汗水的
热量，带着黄麻岭的阳光和雨水，抵达巴黎、伦敦
圣彼得堡、佛罗伦萨或者纽约、芝加哥，抵达黄种人
白种人，黑种人的衣、食、住、行、用或者娱乐

穿过工业区，穿过亚热带的树林，穿过光明和
幸福，穿过草木与花朵，机器与锅炉，发电机与高压线
穿过外来女工的交谈与歌唱，穿过工装的劳动者与
西装的经营者，穿过我绿色的乡愁，穿过劳动
与沉思，一些阳光正照在工业区上方的字上
年轻人，快！朝着世界的方向奔跑

流水线

在流水线的流动中，是流动的人
他们来自河东或者河西，她站着坐着，编号，蓝色的工衣
白色的工帽，手指头上工位，姓名是A234、A967、Q36……
或者是插中制的，装弹弓的，打螺丝的……

在流动的人与流动的产品穿行着
她们是鱼，不分昼夜地拉动着
订单，利润，GDP，青春，眺望，美梦
拉动着工业时代的繁荣

流水的响声中，从此她们更为孤单地活着
她们，或者他们，相互流动，却彼此陌生
在水中，她们的生活不断呛水，剩下手中的螺纹，塑料片
铁钉，胶水，咳嗽的肺，辛劳的躯体，在打工的河流中
流动

流水线不断拧紧城市与命运的阀门，这些黄色的
开关，红色的线，灰色的产品，第五个纸箱
装着塑料的灯、圣诞树、工卡上的青春、李白
发烫的变凉的爱情，或者低声地读着：啊，流浪！

在它小小的流动间，我看见流动的命运
在南方的城市低头写下工业时代的绝句或者乐府

点评：韦伯抨击不加反省的工具理性：尽管“计算是不可缺少的先决条件”，但若抛弃“热情”“灵感”“个人的自然”，以为“再也没有什么神秘莫测、无法计算的力量在起作用，人们可以通过计算掌握一切”，便是“为世界祛魅”。而“祛魅”的后果是，“终极的、最高贵的价值，已从公共生活中销声匿迹”。①作为“打工诗人”之代表，郑小琼凭借本能孜孜寻觅工业时代之“魅”。在她的《穿过工业区》和《流水线》中，人的天性、乡野的激情和哀愁、眼前的辛劳与向往的流浪等，绝非苟活于流水线和高压线夹缝里的润滑剂或对立物，而是充满尊严地与后者相互杂糅、彼此混和、血肉相连、同生共长，一起“写下工业时代的绝句或者乐府”。（顾星环）

①马克斯•韦伯. 学术与政治[M]. 冯克利，译. 北京：生活•读书•新知三联书店，2016：24+29+32+48.